i

为了人与书的相遇

John Berger

猪的土地

Pig Earth

［英］约翰·伯格 著

周成林 译

广西师范大学出版社

·桂林·

"别人劳苦，

你们享受他们所劳苦的。"

——《约翰福音》4:38

本书献给教诲我们的五位朋友：

Théophile Jorat

Angeline Coudurier

André Coudurier

Théophile Gay

Marie Raymond

也献给帮助我们学习的朋友们：

Raymond Berthier, Luc and Marie-Thérese Bertrand,

Gervais and Mélina Besson, Jean-Paul Besson, Denis Besson,

Michel Besson, Gérard Besson, Christian Besson, Marius Chavanne, Roger and Noelle Coudurier, Michel Coudurier, La Doxie, Régis Duret, Gaston Forrestier, Marguerite Gay, Noel and Hélène Gay, Marcelle Gay, Jeanne Jorat, Armand Jorat, Daniel and Yvette Jorat, Norbert Jorat, Maurice and Claire Jorat, François and Germaine Malgrand, Francis and Joelle Malgrand, Marcel Nicoud, André Perret, Yves and Babette Peter, Jean-Marie and Josephine Pittet, Roger and Rolande Pittet, Bernadette Pittet, François Ramel, Francois and Léonie Raymond, Basil Raymond, Guy and Anne-Marie Roux, Le Violon, Walter, 也献给我求教过的 Beverly。

目 录

引言

"土地让有价值的东西和没用的东西显而易见。"一个农民的看法，尚·皮埃尔·韦尔南（Jean Pierre Vernant）在《希腊人的神话与思想》（*Mythe et Pensée Chez les Grecs*）一书中的引用（巴黎，一九七一年，第二卷）

"农民由小农生产者组成，他们借助于简单的工具和家庭的劳动，主要生产他们自己消费的东西，同时履行对政治和经济权力持有者的义务。"西奥多·沙宁（Theodor Shanin），《农民与农民社会》（*Peasants and Peasant Societies*，伦敦，一九七六年）

农民的生活是一种彻底致力于生存的生活。也许这是每个地方的农民完全共有的唯一特性。他们的工具、他们的庄稼、他们的土地、他们的主人可能不同，但不管他们是在一个资本主义社会、在一个封建社会或在不易界定的其他社会里劳作，不管他们是在爪哇种水稻，在斯堪的纳维亚种小麦，或在南美种玉米，不论天气、宗教和社会历史有何差异，每个地方的农民都可定义为一个幸存者阶级。一个半世纪以来，农民坚韧的生存能力让管理者和理论家困惑。今天，仍然可以说世界上的大多数人口是农民。然而，这一事实掩盖了一个更为重要的事实。有史以来第一次，幸存者阶级有可能活不下来。一个世纪以内，可能再没有农民了。在西欧，如果诸多计划像经济规划者预见的那样实行，二十五年以内再不会有农民了。

直到最近，农民经济向来都是经济中的经济。这也让它经历更大的经济——封建的，资本主义的，乃至社会主义的——之全球性转变而存活下来。因为这些转变，农民为了生存的斗争方式常常改变，但是关键的变化产生于用来榨取他的剩余之各种方法：强迫劳务，什一税，租金，税赋，佃农制，贷款利息，生产定额，等等。

不同于所有劳工与被剥削阶级，农民总是自我养活，这让它在某种程度上成为一个独立的阶级。只要生产出必要的剩余，它就融入历史上的经济与文化体系。只要自我养活，它就位于这一体系的边缘。我想，你可以这样说，不论何时何地，农民构成了人口的大多数。

如果你把封建或亚洲社会的等级架构大致视为金字塔形，农民位于这个三角形的底边。这就意味着，如同所有边缘人口，政治和社会体系给了他们最少的保护。为此他们得靠自己——在村落社团和大家庭之内。他们维系或形成了自己不成文的法律和行为规范，他们自己的仪式和信仰，他们自己口口相传的智慧与知识，他们自己的医学，他们自己的技术，有时候还有他们自己的语言。如果认为所有这些形成了一种独立的文化，不受主导文化及其经济、社会或技术发展的影响，这一观点则是错的。农民的生活并非数个世纪一成不变，但是农民的优先考虑和价值观（他们的生存策略）牢牢嵌入一种传统，这一传统比社会的其他传统更为持久。在任何时候，这个农民传统与主导阶级文化未曾明言的关系，常常都是异端与颠覆的。"什么也别逃避。"俄国农民的谚语说，"但什么也别做。"农民的狡黠名声世人皆知，这就是对这一秘密与颠覆倾向的认知。

没有一个阶级的经济意识比得上农民。经济有意识地限定或影响一个农民的每一项普通决定。但是，他的经济不是商人的，也不是资产阶级的或马克思主义政治经济的。以最大理解来描写活生生的农民经济的，要数俄国农学家恰亚诺夫（Chayanov）。凡是想要理解包括农民在内的诸多问题的人，都应该倒回去读一读恰亚诺夫。

农民并不觉得从他那里榨取的是一种剩余。你或许认为，没有政治意识的无产阶级同样不知道他为雇主创造的剩余价值，然而这一比较会让人误解——对于工人，在一个金钱经济中为了工资而工作，很容易就会不知道他所生产的价值，但是农民跟社会其他部分的经济关系总是显而易见。他的家庭生产或想要生产他们赖以生活的东西，他看到这一产出的部分，也就是他的家庭的劳作之结果，被那些未曾劳作的人挪用。农民完全清楚从他那里榨取了什么，然而两个原因让他不觉得这是一种剩余，第一个是物质的，第二个是认识论的。1. 这不是剩余，因为他家庭的需要尚无保障。2. 剩余是一种终端产品，是一项工作早已完成的过程之结果，也是达到要求的结果。然而，对于农民，强加给他的社会义务却是一种初始障碍。这一障碍常常难以逾越。另一方面，农民经济的另一半却在运行，他的家庭以此耕种土地，确保自己的需要。

一个农民可能觉得强加给他的义务是一项天生的责任，或是无可避免的不公，但不论何种，都是为了生存的斗争开始之前不得不忍受的东西。他一开始得为主人工作，后来才为自己。即使他做佃农，主人的份额也是先于他的家庭之基本需要。鉴于农民肩负的几乎难以想象的劳动负担，如果这份劳作不太轻松，你可以说强加给他的义务是一种永久的不利条件。尽管如此，一家人还是得跟大自然展开本已不平等的斗争，用他们自己的劳作维生。

因此，农民必须熬过从他那里获取"剩余"这一永久的不利条件；在农民经济维持生活的这一半，他必须熬过农业的所有风险——不好的季节，风暴，旱灾，水灾，害虫，意外事故，贫瘠的土壤，动植物病害，庄稼歉收；而且，位于底边，只有最少保护，他必须熬过社会、政治和自然灾难——战争，瘟疫，强盗，火灾，抢掠，等等。

幸存者一词有两个含义。它指的是从苦难中活过来的某人。它指的也是在其他人消失或死后继续活着的一个人。我用这个词提到农民，正是第二个意思。有别于很多早死、移民或沦为贫民的人，农民是那些继续劳作的人。在某些时期，幸存的那些人无疑是少数。人口统计数据让你大致知道灾难的程度。一三二〇年，法国人口为一千七百万。过了一个世纪多一点，则为八百万。到了一五五〇年，升到两千万。四十年后，降到一千八百万。

一七八九年，人口为两千七百万，其中两千两百万是农村人口。十九世纪的革命与科学进步，给了农民以前不曾知晓的土地与身体上的保护；与此同时，也让农民面对资本与市场经济。到了一八四八年，农民开始大规模移居城市。到了一九〇〇年，法国农民只有八百万。被遗弃的村庄——今天肯定又是如此——大概几乎成了农村一个常态：它象征着一个没有幸存者的地方。

用工业革命早期的无产阶级来做比较，可能会清晰说明我讲的幸存者阶级这一含义。早期无产阶级的工作与生活条件，让数百万人夭折或伤残。然而，作为一个阶级，它的人数、能力和力量却在增长。它是一个参与并致力于不断改变与增进过程的阶级。不同于幸存者阶级，决定它的基本阶级特性的，不是它在诸多苦难下的牺牲者，而是它的要求和为之奋斗的那些人。

从十八世纪开始，全世界人口都在增加，起初很慢，后来加速，但对农民来说，生活新有的安全感这一普遍体验，并未遮盖它在前些世纪的阶级记忆，因为新的条件，包括农业技术得以改善带来的那些，导致新的威胁：农业的大规模商业化与殖民化，愈来愈少的田地不足以养活一家人，因此大规模移居城市，农民的儿女在那里被纳入另一个阶级。

十九世纪的农民仍是一个幸存者阶级，不同的是，消失的那些人，不再是因为饥荒和疾病而逃走或死去的那些人，而是被迫遗弃村庄成为挣工资者的那些人。我应该补充的是，在这些新的条件下，有些农民致富了，但为了这么做，在一两代人期间，他们也不再是农民了。

说农民是一个幸存者阶级，似乎是在证实有着习惯性偏见的城市人对农民向来的看法——他们很落后，是旧的残余。然而，农民自己并不认同这一看法隐含的时间因素。

常年靠着土地苦苦谋生，埋首没有休止的劳作，农民却把人生视为一段插曲。每天熟知的生死循环坚定了他的这一认知。这一看法也许让他倾向于宗教，然而他的态度并非源于宗教，不管怎样，农民的宗教跟统治者与教士的宗教从来都不全然相符。

农民把人生视为一段插曲，乃是因为他的想法与感受之二元对立运动，而这相应源自农民经济的二元特性。他的梦想是回归没有困厄的生活。他的决定却是把生存手段（比起他继承的，如果可能，使之更安稳）传递给他的孩子们。他的理想位于过去；他的责任却在未来，而他自己不会看到这一未来。死后，他不会去到未来——他对永生的观念不一样：他会回到过去。

这两种运动，向着过去和未来，并非像一开始那样看似对立，因为根本而言，农民对时间的看法是循环的。这两种运动，只是环绕一个圆圈的不同方式。他接受世纪交替的顺序，但不觉得这一顺序是绝对的。认为时间是直线发展的那些人，难以接受循环时间这一观念：这会导致道德眩晕，因为他们的道德规范都是以起因和结果为基础的。认为时间是循环的那些人，很容易就能接受历史时间的常规，那只是轮子转动的痕迹。

农民想象一个没有困厄的生活，在这个生活里，养活自己和家人之前，他首先不用被迫生产剩余，这一生活是不公正出现之前就有的原始生存状态。食物是人的第一需要。农民在地里劳动，生产粮食养活自己。然而他们被迫首先养活他人，常常以自己挨饿为代价。他们看到自己在田里生产和收获的谷物——在他们自己的地里或是地主的地里——被人拿去养活他人，或是拿来售卖让他人获利。不管坏的收成怎么说成乃上帝所为，不管主人／地主怎么被视为天生的主子，不管给出什么样的意识形态解释，基本事实却很清楚：可以养活自己的人反而被迫养活他人。这样一种不公正，农民觉得，不可能一直存在，所以他设想最初的公平世界。在最初，一种原始的公平有助于满足人的原始需求之原始劳动。农民所有自发的反抗，都是想要再现一个公平与平均主义的农民社会。

这一梦想不是通常的天堂梦。天堂，如我们现在所知，无疑是一个相对闲适的阶级虚构出来的。在农民的梦想里，劳作仍然必不可少。劳作是平等的先决条件。资产阶级和马克思主义的平等理想假设一个富足的世界；它们要求在丰饶面前人人权利平等，这个丰饶将由科学与知识进步构成。两者对人人平等的理解当然很不一样。农民的平等理想承认一个匮乏的世界，它的许诺，是与这一匮乏做斗争时手足般的互助，还有公平分享劳作成果。身为幸存者，农民承认匮乏，跟他承认人的相对无知密切相关。他可能钦佩知识与知识带来的成果，但他永远不会认为知识进步让未知领域减少。不把未知和已知的关系对立起来，说明他的一些认识为什么接纳了，就外在而言，所谓的迷信与魔法。他的经验让他无法相信最终目标，恰好因为他的经验如此广泛。未知只能在实验室的实验范围内消除。这些范围在他看来很天真。

相对于农民的想法与感受偏向过去的公平，他的另一种想法与感受偏向子女未来的生存。多数时候，后者更强烈更有意识。只有这两种思绪同时让他确信，现在的插曲不能依照自身状况来评判，这两种思绪才能相互平衡；道德上，它由过去评判，物质上，它由未来评判。严格说来，没有人比农民更不机会主义（不惜一切抓住眼前机会）。

农民对未来有何想法或感受？因为他们的劳作涉及介入或襄助一个有机过程，他们的多数行为面向未来。植树就是一个明显的例子，然而给奶牛挤奶同样如此：牛奶用来做奶酪或黄油。他们做的一切都是预先准备——因此从来不会结束。他们把这一未来设想为一系列的伏击，迫使他们誓言行动。这些伏击就是各类风险。直到最近，未来最有可能的危险，乃是饥饿。农民处境最根本的矛盾，农民经济二元特性的结果，就是生产粮食的他们最有可能挨饿。一个幸存者阶级相信不起有保障的安稳或安适这一终极目标。唯一却又重大的远景就是生存。这就是为什么死者非要回到过去，在那里他们不再遭遇风险。

穿越诸多未来伏击的未来之路，乃是老路之延续，过去的幸存者由此走来。小路这一形象很贴切，因为正是沿着一条小路，由一代又一代行走的双脚踩出并维护，周围的森林、大山或沼泽的某些危险才可避开。小路是由命令、实例和评说传下来的传统。对于一个农民，未来就是这条未来的小路，穿越一片已知和未知的不确定危险。当农民协同抵抗外敌，而这么做的冲动向来都是防御，他们采取一种游击战术——那恰好就是网状一般的小路，穿越一个不确定的敌对环境。

直到现代历史开始，农民对人类命运的看法，如我概述，并非与其他阶级的看法有着根本差异。你只要想想乔叟、维永和但丁的诗歌就能明白；在这些诗歌里面，死亡，没人可以逃脱，用来替代面对未来时的不确定与威胁等普遍感受。

现代历史的开始——在不同地方的不同时期——是以进步为原则，它既是历史的目标又是动力。这个原则伴随作为上升阶级的资产阶级而生，并为现代革命的所有理论采纳。资本主义和社会主义在二十世纪的斗争，在意识形态层面，是关于进步内容的斗争。今天，在发达国家，这一斗争的主动权至少暂时掌握在资本主义手中，他们认为社会主义造成落后。在不发达国家，资本主义的"进步"却让人质疑。

进步文化展望未来的发展。他们向前看，因为未来给予更大希望。在最英勇的时刻，这些希望让死亡相形见绌（不革命毋宁死！）。在最普通的时刻，它们对死亡视而不见（消费主义）。对未来的展望，跟传统透视法对道路的视角相反。不是退缩到远方愈来愈狭窄，而是愈来愈宽广。

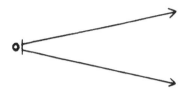

生存文化把未来看成为了生存的一系列重复行为。每个行为让一根线穿过一根针的针眼，而这根线就是传统。这一文化并未设想总体的增加。

现在，如果比较这两类文化，思考它们对过去和未来的看法，我们发现它们是彼此的对照。

生存文化　　　　　　　进步文化

这有助于解释，比起身在一个进步文化的经验，身在一个生存文化的经验为什么有着相反意义。且让我们以农民广为人知的保守主义和拒绝改变作为主要例子；这一整套态度与反应，常常（并非永远不变）让人把农民视为右翼的一股力量。

首先，我们必须强调，根据左右对立的历史情景，这一看法来自属于进步文化的城市。农民拒绝这一情景，他这么做并非愚蠢，因为不管左派或右派获胜，这一情景都设想了他的消失。他的生活条件、受剥削的程度和他的痛苦或许令人绝望，但他难以想象让他熟知的一切有意义的东西消失，亦即他的生存意志。没有哪个工人处于这样的位置，因为让他的生活有意义的，要么是改变生活的革命希望，要么是金钱，身为挣工资的人得到的交换，作为一个消费者在他"真正的生活中"使用。

农民梦想的任何改变，都离不开再度成为他曾经做过的"农民"。工人的政治梦想，则是改变迄今为止让他沦为工人的一切。为什么工农联盟只有为了一个两者认同的特定目标（击败外敌，没收大地主财产）才能维系，这就是原因之一。普遍的联盟通常不可能。

为了理解跟农民诸多经验有关的农民保守主义的意义，我们需要换个角度来审视改变这一概念。改变、质疑和实验在城市蓬勃发展并向外散布，这是历史的老生常谈。常被忽略的，则是城市日常生活允许这样一种研究兴趣的特性。城市给居民提供相对的安全、延续和持久。提供的程度取决于居民所属的阶级，但比起乡村生活，所有居民得益于某种保护。

城市有暖气抵御气温变化，有照明缓解白昼分别，有运输缩短距离，有相对的舒适消除疲劳；有城墙和其他防御物抵抗攻击，有行之有效的法律，有安置病人与老者的济贫院和慈善机构，有永久存放书本知识的图书馆，有范围广泛的各类服务——从面包师、屠夫到机械工、建筑工到各类医生——只要某一需要有可能中断日常生活，就可使用这些服务，有陌生人需要接受的社会习俗（入乡随俗），有为了保证延续并作为不朽范例而设计的建筑。

过去两个世纪，随着关于变化的城市理论与学说愈加热烈，这一日常保护的程度与效力相应增加。最近，城市居民的偏狭隔绝已经彻底得令人窒息。他独自生活在有着各类服务的茫然无措之中——所以他对乡村有着刚刚觉醒但又必然幼稚的兴趣。

与此相反，农民没有保护。每天，一个农民比任何阶级更切身地体会到更多的变化。其中一些变化，譬如季节变化或衰老与精力衰竭可以预见；很多却无法预测——譬如今明两天的气候，一头奶牛被土豆噎死，闪电，来得太早或太迟的雨水，雾让花萎谢，那些榨取剩余者不断增加的要求，传染病，蝗虫。

实际上，农民对变化的体会比任何清单可能开列的都更强烈，不论这个清单有多长有多全面。原因有两个。第一，他的观察能力。农民周围的任何变化，从天上的云到一只公鸡尾巴上的羽毛，都逃不过他的眼睛，并依照未来做出解释。他的主动观察从未停止，所以他不断记录和思考变化。第二，他的经济处境。哪怕一个细微的恶化——收成比前一年少了百分之二十五，收成的市价下跌，一笔意料之外的开支——通常都会导致灾难性或近乎灾难性的后果。他的观察不容忽略最细微的变化迹象，他的债务让他夸大了观察到的很多东西真正或想象的威胁。

一代又一代，农民每时、每天、每年都与变化相伴。就他们的生活而言，几乎没有不变的东西，除了始终不变的劳作需要。围绕这一劳作及其季节，他们自己创造了仪式、常规与习惯，为了从无情的变化这一循环之中获取某些意义和延续：这一循环一部分是自然的，另一部分则是他们置身的那一经济磨盘不停转动之结果。

跟劳作与劳作生活不同阶段（出生，婚姻，死亡）相关的这些多种多样的常规和仪式，是农民对不断变化的状态之自我保护。劳作常规既是传统的又是循环的——它们每年重复，有时每天。他们的传统得以保持，因为它似乎确保劳作最有可能成功，但也因为，重复同一常规，如他的父亲或邻居的父亲那样以同样的方式做着同样的事情，农民让自己有了一种延续，因而有意识地经历了自己的生存。

然而，这一重复根本而言只是表象。一个农民的劳作常规跟大多数的城市劳作常规很不一样。农民每一次做同样的事情，其中都有变数。农民一直都在随机应变。他对传统的忠诚从来只是大致而言。传统的常规决定劳作的仪式：它的内容，就像他知道的一切，会有变化。

一个农民抗拒引进新技术或劳作方法时，并非因为他看不到可能会有的益处——他的保守主义既不盲目也不怠惰——而是因为他相信，就事情的本质而言，这些益处不能确保，而且，一旦出问题，他就会孤身一人脱离生存常规。(跟农民一起改善生产技术的人应该把这个因素考虑进去。农民的足智多谋让他接受变化，他的想象力要求延续。城市对变化的要求通常建立在相反的基础上：忽略足智多谋，因为它已随着极度的劳动分工趋于消失，他们给想象力的许诺是一种新的生活。)

农民的保守主义，在农民的经验范围内，跟特权统治阶级的保守主义或谄媚的小资产阶级的保守主义毫无共同之处。前者不管怎样虚荣，是想让他们的特权绝对化；后者是通过跟权势站在一起，来换取凌驾于其他阶级的一点授权。农民的保守主义极少捍卫任何特权。这也是其中一个原因，让城市的政治与社会理论家颇为意外，小农为什么常常团结起来保卫富农。这一保守主义并非在于权力而是在于意义。它好比是存放意义的一个仓库（一座谷仓），这个意义由受到不断与无情变化所威胁的世世代代保存下来。

农民很多别的看法常被误解或被理解成恰恰相反的意思——就像本文前面的镜像图解所示。譬如，农民在乎钱，但实际上，造成这一看法的行为，来自对金钱的极度怀疑。譬如，据说农民不够宽容，然而这一特性，一定程度没错，却是觉得生活没了公平就会毫无意义这一看法的结果。很少有农民死的时候没有得到宽恕。

我们现在必须提出这个问题：农民和农民也是一个部分的世界经济体系，两者的当代关系是什么？或者，根据我们对农民经验的思考，这样提出这个问题：在一个全球的背景下，这一经验今天有何意义？

农业不一定需要农民。一个多世纪以前，英国农民就被消灭（除了爱尔兰与苏格兰某些地方）。在美国，现代史上已无农民，因为以货币交换为基础的经济发展快速而又彻底。在法国，现在每年有十五万农民离开土地。欧洲经济共同体（EEC）的经济规划者设想在这个世纪末逐步消除农民。因为短期的政治理由，他们没用消除这个词，而是用了现代化一词。现代化涉及小农的消失（大多数），并将剩下的少数转变为完全不同的社会与经济存在。密集的机械化与化学化所需的资本费用，专为市场而生产的农场必要的规模，农产品依照地区的专门化，所有这些意味着，农民的家庭不再是一个生产与消费的单元，农民反而成为给他提供资金并购买他的产品的利益集团之依赖者。这样一种计划所依赖的经济压力，来自下降的农产品市场价格。在今天的法国，一袋小麦价格的购买力比五十年前少了三分之二。意识形态的说服力来自关于消费主义的所有承诺。完好无损的农民是对消费主义有着先天抗拒的唯一阶级。农民一旦分散开来，市场就得以扩展。

在第三世界多数地方，土地所有制（在拉丁美洲大部分地方，百分之一的土地所有者拥有百分之六十的农田和百分之百的最好土地），为了公司资本主义的利益强行单一栽培，自给农业的边缘化，以及只是因为这些因素而增长的人口，让愈来愈多的农民陷入极度贫困，没了土地或种子或希望，他们失去了以前所有的社会身份。这些从前的农民，很多来到城市，形成从未有过的数百万大众，一众静止的游民，一众失业的侍者：所谓侍者是指他们在棚户区等待，跟过去隔绝，无缘进步带来的好处，被传统抛弃，无所服侍。

恩格斯和二十世纪初的大多数马克思主义者，预见了因为资本主义农业盈利更大导致农民的消失。资本主义生产模式，会像"蒸汽机车碾碎一架手推车那样"消灭小农生产模式。这类预言低估了农民经济的弹性，高估了资本农业的吸引力。一方面，农民家庭可以无须盈利而生存（成本计算并不适用于农民经济）；另一方面，因为资本与土地不像其他商品可以无限复制，投资农业生产终会遇到限制并导致回报减少。

农民比预计生存得远为长久。但在过去四十年，通过跨国公司，垄断资本创立高收益的农业综合经营新体系，它所控制的，虽然不一定是生产，却是农业投入与输出的市场，还有每一种食品的加工、包装与销售。这一市场对地球每个角落的渗透，是在消除农民。在发达国家，多多少少通过有计划的转化；在不发达国家，则是灾难性的。以前，城市依靠乡村获取食物，农民被迫以这样那样的方式割舍所谓的剩余。很快，全世界的乡村可能就会依靠城市来获取农村人口所需的食物。假如有一天出现这样的情形，农民将不复存在。

过去四十年的同一时期，在第三世界的一些地方——中国、古巴、越南、柬埔寨、阿尔及利亚——农民起来革命，或者革命是以农民为名义。这些革命如何改变农民的经验？比起资本主义的世界市场强加的优先次序，他们的政府能在多大程度上保持一套全然不同的优先次序？回答这些问题为时尚早。

接下来必须说明的是，没有人可以很理性地谈论如何才能保持传统的农民生活方式。这么做等于在说农民应该继续被剥削，他们应该背负折磨人的体力劳动重担而生活。只要你承认农民是一个幸存者阶级——就我对这个词的定义而言——把他们的生活方式理想化都是不可能的。在一个公平的世界，这样一个阶级不会再有。

然而，认为农民的经验只属于过去，跟现代生活无关，觉得数千年的农民文化没有什么遗产——只是因为它很少体现在持久的物体上——留给未来继续保持，就像过去数个世纪那样，认为农民的经验对于文明微不足道，这些都是在否认太多历史与太多生命的价值。你不可能把历史这样一笔勾销，就像勾销账本上的一笔账目。

这个观点可以表达得更准确。农民经验令人惊奇的持续性和农民对世界的看法，因为面临灭绝的威胁，有了一种前所未有与出人意料的紧迫感。这不只是因为这一持续性现在涉及农民的未来。今天，世界大多数地方消除或消灭农民的力量，代表着历史进步原理中曾经包含的多数希望之相互矛盾的一面。生产力并未减少匮乏。知识的传播并未明确导向更大的民主。闲暇的到来——在工业化社会——并未带来个人的满足感，而是更多的大众操控。世界经济和军事的联合并未带来和平，而是种族灭绝。当"进步"最终也被公司资本主义的全球历史和这一历史的权力强加给那些想要寻找另一种选择的人，农民对"进步"的怀疑，并非完全不合时宜和毫无根据。

如果你展望一下世界历史可能会有的未来走势，不论是设想公司资本主义野兽一般进一步扩张与巩固，还是设想针对它的一场长期而不平等的斗争（这一斗争的胜利并不确定），相对于那些不断改革、失望、急躁并给出一个终极胜利的进步希望，农民的生存经验可能更容易适应这一长期与艰苦的情景。

最后，则是资本主义本身的历史角色，亚当·斯密或马克思未曾预见的角色：它的历史角色是要摧毁历史，割断与过去的一切联系，把所有努力和想象力放在将要发生的东西上。资本只有不断自我复制才能存在；它现有的存在取决于它未来的实现。这是资本的形而上学：信誉（credit）一词，指的不是过去的成就，只是未来的期待。这样一种形而上学是在预示一个世界体系的到来，并被转化成消费主义的实践。同一种形而上学，也把因为这一体系而陷入贫困的所有人归为落后一类（亦即带有过去的烙印和耻辱）。这个三部曲的撰写，是为了跟所谓的"落后者"团结一致，不论他们住在乡村，或被迫移居大都市。团结一致，是因为我所知道的一点点，都是这些女人和男人教我的。

位置的问题

　　儿子把一块黑色的皮面罩放在奶牛前额，拴在两个角上。皮子用得多变黑了。奶牛什么也看不见。她的眼前第一次突然一片黑夜。奶牛死了不到一分钟，面罩就会取下。一年里头，从禁食牲口棚到屠宰场的十步之遥，这块皮面罩提供二十个小时的黑夜。

　　屠宰场是个老头开的，他的妻子小他十五岁，他们的儿子二十八岁。

　　什么也看不见，奶牛犹豫不前，但儿子拉着缠在她角上的绳子，母亲握着奶牛的尾巴跟在后面。

　　"我要是留着她，"农民自言自语，"再多两个月到她生小牛，我们再也挤不了她的奶了。而且生了她的体重会减。现在是最好的时候。"

屠宰场门口，奶牛再度犹豫，然后任人把她拉进去。

里面，靠近屋顶高处，有一副滑轮。轮子在铁轨上滑动，每个轮子悬下一根铁棍，末端有个钩子。挂在这个钩子上，一具四百公斤的马尸可以让一个十四岁的小子拉来推去。

儿子把有弹簧的螺栓对着奶牛的脑袋。处决时的一块面罩让受害者更顺从，也让刽子手看不到受害者的最后一道眼神。这里的面罩，确保奶牛不会掉头避开把她打晕的螺栓。

她的四肢弯曲，身体随即倒下。当一座高架桥垮掉，砖石——从远处看——似乎慢慢落到下面的山谷。爆炸后，一座大楼的墙也是这样。但是奶牛倒得跟闪电一样急速。不是水泥在支撑她的身体，而是活力。

"他们为啥昨天不宰？"农民自言自语。

儿子把一根弹簧伸进头骨一个洞，直到奶牛的脑子。它伸进去将近二十厘米。他搅着，确保牲口的全身肌肉放松，然后拉出弹簧。母亲两只手握着前腿有毛处的最上方。儿子割开喉咙，血涌到地上。有一刻，血像一条硕大的天鹅绒裙子，它的细腰带就是伤口边缘。然后它继续流着，什么也不像了。

生命是液体。中国人觉得气息乃生命之本，那是错的。或许灵魂就是气息。奶牛的粉红色鼻孔还在颤动。她的眼睛视而不见，她的舌头滑出嘴角。

舌头割掉后，会跟脑袋和肝挂在一起。所有脑袋、舌头和肝一起挂成一列。嘴巴张开，没有舌头，每副牙口沾了一点血，仿佛一头不食肉的动物戏剧性地开始吃肉。混凝土地上的牛肝下面有鲜红血迹，颜色像刚开花的罂粟，还没变成深红。

不甘心既没了血又没了脑子，奶牛的身体激烈扭动，后腿扑向空中。想不到这么大一头牲口，死得跟小动物一样快。

母亲松开前腿——就像脉搏现在太弱数不了——它软软地垂向身体。儿子开始剥牛角周围的皮。儿子从父亲那里学到利索，但老头的动作现在慢了。屠宰场后面，父亲正缓慢地把一匹马分成两半。

母子像串通好了。他们干活不发一言就能合拍。他们偶尔瞥瞥对方，没有笑容，却能理解。她推来一架四轮车，就像一辆拉长的有网眼的大型婴儿车。他用小刀一刀切开两条后腿，插上钩子。她按下电钮起吊。奶牛的躯体吊在他俩上方，然后躺着放进婴儿车。他俩一起向前推着车。

他们像裁缝一样干活。牛皮下面，皮肤是白的。他们从脖子到尾巴剥开牛皮，把它变成一件解开纽扣的外套。

养奶牛的农民走到婴儿车旁，解释为啥得把她宰了；她的两个奶头烂掉了，她几乎不可能产奶。他用手捏着一个奶头。它还是热的，跟他在牲口棚给她挤奶时一样。母亲和儿子听着，点头，但没答话，也没停止干活。

儿子割开和拧下四只牛蹄，扔进一辆独轮手推车。母亲割掉乳房。然后，透过剥开的牛皮，儿子用斧头砍着胸骨。这很像一棵树倒下前的最后一斧头，因为从那一刻起，奶牛不再是一头动物，而是变成了肉，就像树变成了木料。

父亲离开马，慢慢走过屠房，走到外面去撒尿。每天早上他要撒三到四次。走去做别的事情时，他走得更轻快。然而现在他慢慢走，很难说是因为尿急，还是提醒小他很多的妻子，虽然他可能老得可怜，但是权威不容置疑。

妻子木然地看他走到门口。然后她板着脸转身对着牛肉，开始冲洗，再用一块布擦干。她周围都是牛的躯体，但是所有肌肉几乎不再绷紧。她像在整理一个食品柜。除了牛肉因为屠宰电击还在颤动，就像夏天一头奶牛脖子上的皮肤赶走苍蝇那样颤动。

儿子很均匀地把牛肉劈成两半。它们现在是千万年来饥饿的人们梦寐以求的两块牛肉。母亲把牛肉顺着滑轮推到秤那里。它们一共有两百五十七公斤。

农民察看着秤上的读数。他答应一公斤九法郎。舌头、肝、蹄子、脑袋和内脏他分文不取。这些部位卖给城里的穷人，乡下的穷人什么也得不到。牛皮他也卖不到钱。

回到家，在牲口棚，宰掉的奶牛所在的位置空着。他把一头小奶牛放在那儿。到了明年夏天，她会记得这个地方，这样每天晚上和早上，从田里把她赶回来挤奶的时候，她就知道牲口棚里哪个地方是她的位置。

娜恩之死

当她再不能
给鸡做饲料
或给汤
削土豆
她没了胃口
即使是面包
几乎不吃了

他在树枝间
把自己涂黑
好看着乌鸦
它们不再高飞

而是靠近大地

比火炉还小

她坐在窗边

窗外长着葱

柴堆旁

——她把山坡的柴枝

背了回来——

他蹲着，变成

劈柴的墩子

她的儿媳

喂过鸡

把柴火放进炉子

夜里，在烧着她的床的

黑色火焰两旁

他躺了下来

她问他的对面是啥？
牛奶他答说，带着胃口

站在厨房
家人和邻居
听着她的痛苦呼吸

在高山上
他把尿撒到
雪和冰上
为了融化溪水

她发觉头靠在
椅子的扶手上
她会比较舒服

他的尿
变成一根冰柱
也是无色

她的手里

握着一条手绢

用来擦嘴

在需要擦嘴的时候

在他的黑色镜子里

再也没有呼吸

客人们离开时

吻着她的前额

她知道是他们

从他们的声音

他推着手推车

把它倒在

冻住的粪堆上

它的两腿还是热的

在她结婚的

七十三周年之夜

她窝在厨房

度过

不时唤她的儿

她唤他的姓氏

他穿着拖鞋摇晃

像一头熊

你犯一次错

死神不像醉汉开玩笑

你不该变老

我不是小偷她答道

死后她看起来很高

躺在她的床上

穿着衣服靴子

像一个新娘子

但是她的右肩

比她的左肩低

因为她背过的

所有东西

在她的葬礼

村庄看到柔软的雪

埋葬了她

在掘墓人之前

记住一头小牛

于贝尔把小牛牵上卡车，解下她的颈圈；一会儿他会把颈圈挂在干草棚的钉子上，预备给下一头小牛用。他是个大块头，但很精细。工厂来的巡回采购问他价钱。于贝尔不愿谈某件事情时，他习惯发出讲话一般的杂音，实则不是说话，但又让人觉得是在讲话，听起来像另一种方言。玛丽要是问他都在哪儿干活，他又心不在焉，就会用这种让人费解的客气话回答。眼下他就这么做，逼着采购给小牛开价。不像多数牲口，价格不按体重，而按长相。于贝尔把钞票叠成一个小方块，塞进裤兜深处。两人随后去厨房喝杯烈酒。

每当于贝尔走过，牲口棚内的小牛都会仓促而笨拙地后退。一条链子和一个颈圈把她拴得靠墙。她顶多只能用脑袋撞向墙根，后腿踢向空中。墙的下半部分，被之前拴在同一个环里的其他小牛的粪便弄成了褐色。

她没名字，因为他们不养的小牛，玛丽不给起名。这头小牛生下来十天时，她很胆怯。这是二月末。岩壁淌下的溪流就跟冰柱一样散漫透明。小牛睡在石头地上垫的木板上保暖。她起身等着喂食。她学会脚踢。离开墙一段距离，她开始感到脖子上的颈圈有压力。她有了远近之分。由远而近走向她是个威胁。

她生下来五天时，于贝尔在她嘴筒周围套了一个儿童塑料桶，不让她吃用来睡觉的稻草。牲口棚里只有一点日光。或许半明半暗有助奶牛耐心过冬。六个月时间，她们面对一样的光线，同一个饲料槽的同一个木头架子。在她们的四个胃之间，她们忙着吃、嚼、反刍、舔，慢慢抬头低头。她们从不——即使夜里——像爬行动物或睡觉的蝙蝠那样堕入昏昧。要是那样，她们就产不了奶。

有的小牛马上就知道喝东西，有的得学。嘴没张开，她会用鼻子拱着桶的一侧。她生下来两天，舌头还没法伸出嘴巴。于贝尔把手指伸进牛奶，再伸进她的嘴。她吮着手指。他第三次这么做的时候，她的舌头伸出来舔了。

天亮时更冷了。白雾中的苹果树是黑的。到处没了颜色，院外没声音。东北风在刮，透进最厚的衣服，深入骨髓，令人想到死亡。风让奶牛产奶少了，让土壤硬如岩石。"没有什么比死亡更悲伤了，"玛丽说，"也没有什么比死亡忘得更快了。"

风直接刮不进牲口棚。牲口棚有一股捂了三个月的热气，来自一匹很大的马、十一头奶牛、五头小牛和十来只兔子。但是于贝尔不敢随便冒险：他用一大块粗麻布裹着刚生小牛的母牛莫塞勒，给她喝加了糖的苹果酒。

这之前，他给她盐吃。莫塞勒用大舌头有力地舔着他手里的棕色粗盐。奶牛的脑袋大得正好装下她的舌头。她们用自己的舌头收割，翻耙，捆扎，把食物送到胃里。

有个故事讲到遥远的冰河时代和名叫奥杜拉[1]的一头奶牛。她舔一座困了一个人的冰山。她像舔盐柱一样舔着冰山，直到那人脱身。然后她给了他四股奶水。

小牛生下来尝到的第一个味道是盐。于贝尔把一些盐揉在她的嘴筒上。然后他用稻草盖着她，她睡着了。

1　奥杜拉（Audumla），北欧神话中最早出现在世上的生物。——编注

黏液是一层保护，一种爱。小牛无力地躺在那里，就像一片初生的叶子。她的体毛跟黏液缠在一起。她有一股淡淡的气味——我们都曾如此——先于最初嗅到的空气。于贝尔揉着小牛，仿佛他是拳击场上的助手。他的快乐不带兴奋；那是一种延长了的愉快反应，对于偶尔却又熟悉的某些事情；那是对一件事情平息后的反应，就像小号曲的最后一个音符依然悬在静默之中，小号手的手臂依然抬起。他的快乐是小小的拉得很长的自豪感，可以持续一整天。

揉小牛前，他分开它的后腿看它的性别。母的。除了有的兔子是公的，牲口棚里共有二十头雄性动物。

分娩时，玛丽把莫塞勒的脑袋转过来朝着尾巴。她一只手握着一个牛角，另一只手的手指按着，拇指摁进牲口的大鼻孔。"莫塞勒，好啦。"她重复着，"莫塞勒，好啦。"这样握着脑袋，奶牛就站不起来。莫塞勒朝左边躺着。小牛的两只蹄子已经看得见了。于贝尔在绳子两端打了活结，套进蹄子上面的前腿。然后，靴子抵着水沟，他向后拉着绳子。他看到小牛的脑袋出来了，有着长睫毛的一只眼睛还闭着。他用力拉着绳子，直到身体几乎跟地面平行。阴户张开了，整头小牛声音一般冒出来，伴随着两小股血水。

于贝尔半小时前叫的玛丽。莫塞勒前腿着地，嘴巴在地上探寻，屁股朝天。她舔着嘴巴外面的空气，她的嘴因为痛苦而收缩。她的下肋不时收缩膨胀；一阵阵无法控制的气力填满又放空；多数气力还没到达子宫就在她的胸腔爆裂。一头小牛的蹄子，棕色带白，还有一点血迹，仿佛正被吃掉，伸出她的阴户，又被吸进去。

那是夜里。于贝尔铺开他给分娩准备的一捆稻草。米盖撒尿了。一旁的侯爵夫人等着，然后也撒了。随后的四头奶牛都这样。公鸡还没醒。于贝尔起身到同一条水沟撒尿。他很担心。去年，莫塞勒生小牛时，她的子宫扭伤，他只得叫来花钱的兽医。

四肢着地，莫塞勒往后退，弓着背，尾巴抬起。她不像撒尿时那样尾巴竖直；它是弯的，在肿胀的阴户上方形成一道尾巴环。她往后退的样子，并非好像她还需要把什么东西推出体外，而是因为，隐隐约约，她在后面的黑暗空气中寻找可以推进体内的什么东西，好让她摆脱不适。于贝尔还没开灯，因为他觉得黑暗中小牛生得更快。透过牲口棚尽头的窗户，他看得到月光。拂晓会浓的雾还没浓到遮住月亮。他的手一路伸到她的里面。她像帆布包一样轻易张开。在它应该在的洞口那里，他摸到两条前腿之间的脑袋。这是小牛第一次被人触摸。

玛丽待在床上。那是凌晨两点。走过院子，他的靴子敲着冰雪，仿佛那是金属。也许另一个山谷的某处，一位乡邻也起来给小牛接生。但在无色的夜里，没有这个迹象。一道黏糊糊的子宫液悬在她的阴户。

黑暗中，他坐在一条挤奶凳上。两手托着脑袋，他的呼吸跟母牛没啥区别。牲口棚就像一头动物的内里。气息、水、反刍食物进来；气体、尿、屎出去。

通常他打个盹。他想着上面放干草的阁楼，现在每个礼拜愈来愈多光线透进来，因为那一大堆干草减少了，从木板缝射进来的阳光更亮了。再过三个月，他要让母牛去绿油油的田里，到处都是白花、蓝花和蒲公英。母牛即使在牲口棚也嗅得到青草。她们的屎会是绿色。有时候他东倒西歪，几乎跌下凳子。

还没出生的小牛已能看见东西，这一发育好的能力，连同其他，预示着一个终结。小牛看东西的能力，正在等待破晓。

于贝尔睡着了，他的脑袋垂向前方，下巴靠着胸口。

先于景象、地方或名字的黑暗中，男人和小牛等着。

汤勺

汤勺是麻麻点点的
白锡月亮
在大山上空升起
落进平底炖锅
为世世代代服务
冒着热气
捞着菜地种子
长出来的东西
土豆让它变厚
比我们都长寿
在厨房墙上的
木头天空

喂奶的母亲

白锡乳房冒着热气

盐巴让它生出纹路

喂着她的孩子

饥饿如野猪

夜晚的泥土

嵌在他们的指甲周围

喂着兄弟

喂奶的母亲

汤勺

舀着热气腾腾的天空

带着胡萝卜的太阳

盐的星星

猪的土地的油脂

舀着热气腾腾的天空

汤勺

为我们的一生舀汤

为夜晚舀着睡眠

为我的孩子们舀着岁月

白茫茫

所有的死者都在诸圣节[1]纪念。有人说那是死者审判生者的日子，放在墓地的鲜花是要让死者的裁决不那么严厉。

诸圣节后一个礼拜，埃莱娜来墓地搬走两盆菊花，一盆在她丈夫的墓，另一盆在她父亲的墓。前两个晚上，天色少有的清朗，星星像钉子一样坚硬，霜把花都冻坏了。她要是现在把花拿走，趁霜还没进到花根，明年春天她可以再种，到了夏末，它们会再度开花来抚慰死者。

在她丈夫的墓前，她说："只有两三根骨头留下来。"然后，她画了个十字，不是对着她的黑大衣，而是对着他入土的地方。

---

1 诸圣节（La Toussaint），天主教节日，在每年的 11 月 1 日。——编注

在她父亲的墓前，没有石碑，只有一根木十字架，她说："哦父亲，您现在要能看到女儿就好了。"

她这些话都是毫不犹豫大声讲出来。

如同别的一切，墓地在一个山坡上，所以她从上面的门出去，这样爬坡回家就会少走路。她一手抱一个花盆，乱蓬蓬的花，花瓣尖被霜打成褐色，一左一右跟她的脑袋一样高。她是个七十五岁的老太婆。

进了屋，她脱下黑大衣，系上围裙，穿上毛线开衫，头上罩了一条灰色披巾。"还有时间！"她对着她的一头山羊说，把它牵出牲口棚。

山羊跟在她的身旁，顺着林中小路缓步而行。埃莱娜走路时，她的靴子摩擦着树叶，有些地方的树叶覆了一层灰盐似的霜。她用一条短绳牵着山羊，另一只手捏着一根拐棍。半小时后，她停在一棵橡树下，把橡树子装满围裙的大口袋。

"耶稣玛丽！"她对山羊说，"你不害臊么？一个老太婆给你捡橡树子。"

山羊透过眼睛的长方形黑瞳仁看着她。几点白雪，跟锯末差不多大小，落在树木之间。

"我们周围很快就会白茫茫。"她说，拉了拉绳子。

"有时候我想祷告，但脑子里有事情让我分心。我就这性子。我可怜的父亲也这么说。你老是又想得烤箱又想要磨坊，他说，所以你啥也不能专心。我给你说你像啥，他说，你就像那个人，朋友跟他讲，'你要是一心一意念主祷文，我就把自己的马给你。'那个人说，'好。'然后他开始念，'我们在天上的父……'"

老太婆和山羊都能听到前面的溪水轰鸣。溪流很满，溪水像牛奶一样泛着泡沫。

"……那个人念了一半的主祷文，他停下来说，'你的马缰也能给我么？'"

除了奔涌的溪水和山羊脖子上的几点白雪，一切都是灰色的。走出森林，小路在田间伸向高处。山羊开始走快，一路拽着老太婆。她是两者之中的强者，但没阻止山羊，而是跟着小跑。到了一处，路上都是冰。

奶牛走路有着某种精巧，仿佛穿了高跟鞋；山羊则像溜冰者。山羊在冰上跳舞，埃莱娜松开绳子，小心翼翼靠边走，抓着草坡。当她走到冰路另一边，山羊不肯过来。她威胁着，举起拐棍。"在下雪。"她说，"天快黑了。我失去的还不够多吗，该死，该死，该死，你在烦我。"

有些时候，生气让她狡猾。当她把鸡放出去，它们拔她花园里的花时，她假装手里有谷粒喂鸡，很和蔼地咯咯咯唤着逗它们，直到她可以抓到一只；然后她会两只手摇着鸡，鸡的羽毛会落下来，她会把鸡朝着头顶使劲往上扔。那些鸡也够蠢，它们一只只过来接受惩罚。

山羊不蠢，盯着她挥舞拐棍。"你这头不中用的死山羊！"

过了一会儿，山羊走下冰路，这两个继续走着。这里的荒凉景象让她们像是同谋。岩壁就在她们上方高耸，陡峭有如一道三百五十米的高墙。黄昏来临，岩顶的大松树勉强可见，小得就像草本植物的细枝。

埃莱娜牵着山羊走到墙边，同时喊了起来。她的喊叫跟她喂鸡时逗它们的声音没有两样，但更尖利和短促，被寂静打断。

喊了几声之后，有了一声回应，这声回应没有什么嗓音可以摹仿。也许风笛这样的乐器差不多能够摹拟。呼出的哀恸发自一个皮囊。希腊人把公山羊的哭喊称为 tragos，悲剧（tragedy）一词由此而来。

他比四周的幽暗还黑，他的四只角缠在一起，就像一棵树的树干分成两根时，枝条有时会缠在一起。他走得从容不迫。

埃莱娜把左手伸进右边的腋窝取暖，右手牵着绳子。山羊站在那儿等着。点点白雪变成大片雪花。从小时候起，当第一片真正的雪花飘下，她就是这么做的。她伸出舌头。在她七十五岁的舌头上，第一片雪花像汽水粉那样刺痛。

母山羊抬着尾巴摇了起来，尾巴像一根快速搅动的调羹那样转圈。公山羊舔着尾巴下方。然后他伸直脖子，嘴角后撤，露出嘴巴品尝。他的顶尖红红的细阴茎伸出毛丛。他像一块大石头纹丝不动。过了片刻，他的阴茎缩回去了。或许这个场合即使对他来说也太不吉利。

"耶稣、玛丽和约瑟！"埃莱娜嘀咕着，"你们快点儿！我手都冻僵了。天黑了。"

他嗅了嗅，让母山羊的尾巴在他的眉毛间扫来扫去。

要是雪下一晚上，她就不能再带母山羊来，春天她就会少卖一两头小山羊。

公山羊站在那儿，像在等着什么过去。雪落在她的披巾上，埃莱娜不耐烦地蹲下来，看他下体是不是什么指望都没了。红尖尖还在。

"我要是化愤怒为力量，"她嘀咕道，"那堵岩石都会炸开。快点儿！好不好？"

公山羊用一条前腿拍着母山羊的肋腹。拍了几次。然后他用另一条腿拍她的另一边。当她站好，他骑上去进到她里面。

除了雪花和他的后腿，岩壁下面看不到有什么动静。他的动作很快，飘落的雪花很慢。插了三十下，他全身晃动。然后他的前腿滑下她的背。

埃莱娜使尽全力按着母山羊的背中央。这有助于精液留存。这两个开始往下面的村子走了。她们走一条更长但更宽的路下山，经过阿多住的房子。

阿多的妻子罗伊瑟，是被岩顶落下的一块大石头砸死的。他俩当时都在床上睡觉。大石头刚落到地上时，砸出一个足以埋葬一匹马的大坑。然而，大石头继续滚下山坡。慢慢滚着。滚到房子那里时，它没直接撞进去，只是撞穿一堵墙压碎半边床。罗伊瑟当场死亡，阿多则在大石头旁醒过来，毫发无损。那是二十年前了。大石头太沉动不了。于是，把木头和瓦砾清理掉，阿多在房子另一边建了一个房间，他现在就睡这个房间。

埃莱娜和山羊经过时，这个房间的窗里有灯，大石头的一边已有白雪反光。

埃莱娜把手放在畜生背上，她的手关节肿胀，手指头再也伸不直。"山羊，"她说，"又懒又不中用的死山羊，别漏掉！"

精子们，活过了长途旅行的最初阶段，正以逆时针的螺旋状游向里面。

风把雪刮得阵阵卷扬，她一边走一边抓住山羊的颈圈，免得滑倒。

复活节

冰柱在夜里

变得更长

像透明的啮齿动物的牙

以白雪为食

白天它们滴滴答答

拆掉的白床单

在溪流中折叠

我的果园

是断掉的

苹果树枝的殓房

水偷偷地

松开山坡

让囚禁的草自由

它们苍白忧伤

虚弱得打不了手势

公鸡的脚印

是泥土的箭头

褐色如粪堆

辽阔如天空

将要罩住世间的母鸡

一个独立的女人

卡特琳抓着每个男人拥抱。她的两只长臂把对方拉向自己的高大身躯。先是她的弟弟尼古拉，然后是邻居尚·弗朗索瓦。她亲着他们的两颊，靠近嘴巴。七十四岁了，三个人里面就她年纪最大。

"埋了一米深。"卡特琳说，"我能听到马蒂厄这么讲。一米深。"

"它去到田的哪一头？"尼古拉叫道。

她耸耸肩膀。"五十年很长，但我记得他说一米深。"

两个月前，帮她弟弟搬运第二批干草时，她告诉他，她屋子旁的水池不流水了。在那之后，她不愿再提这个。她谁也不靠。然而现在她的眼神很兴奋，好像她很乐意两个人来。

"泉水肯定在上头。"尚·弗朗索瓦说，他走上田地，消失在雾里。

"尚·弗朗索瓦。"她喊着，"回来，我看不到你了。"

要是生在别家，卡特琳肯定会嫁人，但每一年，都有更多男人离开这个山谷，而她继承的家产很少，没法跟留下来的任何一个男人提婚。

她抓着尚·弗朗索瓦的臂膀。"你真不该来，让一整天都没了。"

"我们挖一米深，从管道的正确角度挖。从上头开始，再到底下。这样我们肯定挖到管子。"

"管子会把我们引到泉水！耶稣、玛丽和约瑟！到中午我们就成了。"

他们开始挖。白雪下面，地还是僵的。

当卡特琳从屋子里拎来一个帆布口袋，装着玻璃杯、一壶热酒、几块面包和奶酪，她先是听到男人的声音，然后才看到他们。二十米开外，白雾跟地上的白雪融成一片。每次弯腰用镐挖地，尚·弗朗索瓦就嘟囔一下。她也听到尼古拉刮着铁锹，不让泥土粘在上面。

她在巴黎的里昂火车站附近一家咖啡馆做过女招待。

她和兄弟马蒂厄是家里第一批挣工资的人；水管就是他铺的，占领时期德国人杀了他。为了挣钱，他俩去了巴黎。他做搬运工，她当女招待。首都让她难忘的一大印象，是钱不停地易手。在那里，没钱，你真的什么也做不了。水都喝不了。有了钱你做什么都可以。能够买来勇气的人就是勇士，哪怕他是个懦夫。

两个男人把沟挖到恰好一米深。他们不时测量。沟挖得笔直整洁。一边堆着草皮，另一边是泥土。挖出来的石头垒成一堆。

尼古拉从沟里爬出来，尚·弗朗索瓦把铁锹插进蓬松的土里，仿佛要它消失在地底。一个人住在山下角落，他习惯了动作猛烈；独处的时候，这样的猛烈就像一种陪伴。卡特琳倒着热酒。男人们小口喝着，把玻璃杯靠着脸，鼻子罩在飘着丁香和肉桂味道的热气里。

"老天在上，肯定是这儿。"尼古拉咕哝道。

"我给你说，要是不在这块田里，地狱都没大火了。"

下午，尼古拉接着挖那道长沟。尚·弗朗索瓦在高处挖另一条。卡特琳在两棵苹果树附近挖第三条。挖开草皮，她先踢掉积雪，再把草皮拾起来。她不喜欢冻着手和脚。

夜里，她把三块烧烫的砖放到床上，两只脚各一块，还有一块用来暖腰。抢铁锅时，她呼出一声口哨，跟尚·弗朗索瓦的嘟囔迥然不同。

在里昂火车站附近的餐馆打工之后，她在一位医生家帮佣。那医生在圣安东尼医院上班，住在几条街外的查理五世路。她的主要工作就是清理壁炉、拖地和洗衣服。第一次洗衣服时，她问厨子木灰放在哪儿。"木灰！"厨子重复着，不敢相信。"用来洗床单。"卡特琳解释道。厨子告诉她回乡下用羊屎吧。这是卡特琳第一次听到"农民"这个词用来骂人。

他们一直挖到黄昏雾霭弥漫。

尚·弗朗索瓦望着他挖的沟，现在足有十五米长。

"宽度还不够放下一副棺材。"

"我们都瘦。"卡特琳说。

"三个墓，我们一人一个。"

"一人一个墓！"尼古拉吼道。

从巴黎回来，卡特琳发现弟妹得产褥热快死了。接下来十五年，她把两个甥女像女儿一样养大。

尚·弗朗索瓦突然捡起一块石头，扔到昏黑中的田里。

卡特琳开始催着两个男人回屋。厨房门外，她放了一碗热水让他们洗手。她握着尚·弗朗索瓦的手腕，把他的两只手放进水里。然后她把一条毛巾挂在他的脖子上。

他们三个上一次坐在厨房的桌子旁，是她觉得自己可能要死了。医生说是胸膜炎。她不愿去医院。如果她快死了，她希望死神途经她熟知的那些东西。她的两个房间没什么摆设，既没扶手椅也没地毯和窗帘。但有些东西对她来说很亲密：她的黄色咖啡壶，像一匹洗刷干净的黑马那样收拾得亮堂堂的火炉，她的大床，床头上方的圣母像，她的针线篮。死神必须面对这些。每晚上床前，她摆好自己的内衣裤和袜子，这样入殓时尼古拉就知道怎么给她穿衣服。

一天夜里，来屋里时，尼古拉留意到摆好的内衣裤。

"这是干嘛的？"

"我要是夜里翘了，早上给我穿的。"她嗓音嘶哑地低声说。

就在那时，门外一阵窸窸窣窣，一个声音念着，像在悲叹：

"四头野猪！我亲眼看见，冲下山坡！"

尚·弗朗索瓦跌跌撞撞进屋，握着一支步枪。他醉醺醺地走到床前。

"卡特琳，你没了我们咋办？他们告诉我你病得很厉害。"

"枪上膛了么？"她低声说。

他把枪给她，她卸下子弹。

在医生家帮佣时，她收到马蒂厄的信，说他老婆病了，要她马上回去。走得这么突然，她没了两个月工资。她跟医生太太理论，说没人能预知疾病。对方答说生病了有医院。卡特琳抓起每天早上擦拭的一把火钳。医生太太喊着救命。厨子跑来搭救。她看到女主人抓紧窗帘，仿佛令人吃惊地光着身子。那个萨伏依来的疯女佣拿着一把火钳站在那儿望着炉火。

"明天，"尚·弗朗索瓦说，"我们来给你拔火罐。对吧，尼古拉？"

"那时我兴许好些了。"她说。

"我的爷！"她弟弟叫道，"别讲这些。我们明天来。"

等他们来了，两个男人给炉子添满柴火。她脱了衣服裸着上身，坐在一把椅子上。"你不是第一次见到女人了。"

她对尚·弗朗索瓦说。

"那有啥不一样？"尼古拉问道，"我们在给你治疗。"

桌上是一套玻璃杯和一根蜡烛。尚·弗朗索瓦点了蜡烛，擦干净一个玻璃杯，撕了一片报纸伸进烛火，点燃放进玻璃杯。尼古拉把玻璃杯的边缘使劲按进姐姐的后背。火焰即刻熄灭。她肩胛下面的皮肤又白又软，跟年轻时没什么两样。尼古拉的大手试探着放开杯子，看真空能否把它吸在肉上。玻璃杯和肉紧贴着。

尚·弗朗索瓦给第二个杯子点上火。

"把它放在肉多的地方。"他说。

"千万别放脊柱上。"尼古拉叫道。

"我说的是有肉的地方！"

他们上了五个玻璃杯。她的皮肤在里面隆起，就像烤箱的馅饼。她用双臂握着桌子镇痛。

"我不想你们听到我喊出来。"

"我唱歌吧。"尼古拉说。

他唱道：

　　生活是朵玫瑰

带刺的玫瑰……

因为尼古拉的指甲都裂开了，尚·弗朗索瓦取的玻璃杯。他的指甲滑到杯子边，在肉上划下一小道凹痕，让空气进去。

"噢。"每个杯子脱落时，她叹口气，"谢谢你们，我的朋友！"两天后，她好了。

眼下，一起坐在同一个厨房，他们三个没精打采，因为白天干活一无所获。

"他们有一种机器，"尚·弗朗索瓦若有所思地说，"可以探测到地下的水，就像占水师的拐杖，只不过是电子的。它能找到二十厘米深的水。"

"在哪儿？"卡特琳问，坐在椅子边。

"租一台要七万法郎。"

"真该死！"卡特琳说。

第二天早上，三个人看了看三条沟。在夜里，仿佛为他们的挖掘所鼓励，鼹鼠也在田里到处掘土。这让他们挖的沟看起来不那么井井有条。

"在这块地里，"尼古拉吼着，每说一句用铁镐挖一下，

"在这片该死的雾中的该死的田上的该死的地里，我真见鬼了！"

到了下午，他们仍没发现水管的任何迹象。在厨房，卡特琳不时听到他们抬高的嗓音。她听不清楚在讲什么，但嚷嚷的调子足以说明他们有多沮丧。"要是他们今天找不到，明天就不会来了。"

她给炉子添了柴火，把她的拖鞋拿出烤箱，关上烤箱的门。"我浪费了他们两天。"她嘀咕着。她开始做面饼。面团摊开时，她做了钱包似的小面饼，每个可以装下五法郎的硬币。她把苹果泥塞进钱包。她做了二十五个。

她把面饼跟咖啡壶、烈酒和杯子一起装进帆布口袋，大步走过果园。男人们从雾里现身之前，她停下来整理头上系的围巾。她端着糖罐，好让各人按自己的口味给咖啡加糖。她给他们的杯子斟满白兰地。男人们两手捧着杯子，盯着周围的雾。

"马蒂厄！"尼古拉嘀咕道，"马蒂厄很机灵。他本可以把水管埋到八十厘米深，仍然挺得过严寒。但是不！马蒂厄不这样。他埋了一米深！"

"鼹鼠咬了管子。"

"管子去到大岩石，我告诉你！"

一个角接着一个角，她解开包着面饼的餐巾。烤成淡褐色，它们散发着热气。这味道让两个男人对看一眼，同谋似的微笑着。

"圣诞节的午夜弥撒后我们吃过。"尼古拉轻声说。

"又有血色了。"尚·弗朗索瓦说。

喝着咖啡，他们一个一个地吃着。

等他们吃完，卡特琳下令道："今天别做了。"

两个男人穿上衣服，仿佛有默契，没人提到明天。

她醒来天还是黑的。她不指望他们回来干第三天的活。喂完山羊，打扫完牲口棚，天空又蓝又辽阔，只有山上才这样。山谷中，透过清晨的薄雾，则是教堂、牛奶场、墓地、两家咖啡馆、邮局：村庄。下雾最糟糕之处，是像一幅窗帘那样垂下，遮住上下左右。雾散了最好之处，则是山坡都露出来了，一切都很险峻。

她穿过两块田，下坡去打水。水池干了以后，她就这么做。她父亲和祖父在世的时候，这水声就标志着下面那个地方很容易打到水。

她担心的是冰。很快就会结冰。往上不过一百米，靠近大岩石的那些松树挂着白霜，松针和蛛网无一例外。她担心山坡结冰后，她提着水桶可能滑倒，摔断一条腿，在那儿躺一天也没人发现。

"不过那时我也不用照顾山羊了，不用挖土豆了，不用喂鸡了。不像现在，我会有花不完的时间，可以想去哪就去哪。但我不想死在屋子外面。我想看着死神经过跟我一起生活的东西。这样我才可以集中精力不分心。"

在不再捂住声音的清新空气里，她听到尚·弗朗索瓦的声音，在高处，靠近果园的田里。

"我告诉你它在哪儿！在这儿！我打赌在这儿！等着瞧。我晚上想过。就在这儿。半米之内！"

放下两只水桶，她爬上去，喊着："我不信！"

他们还没开始挖尚·弗朗索瓦把铁锹插在那里打赌的地方。他们有条不紊地继续挖着那条长沟，它最后会到他标明的地方。

两小时后，尼古拉说："这里的土动过。可能是五十年前，但这里的土动过。"

他的唯一不耐烦，是他的铁镐舞得更快了。

"我就说嘛！"

他指着沟底土里一块红色的痕迹，一朵小花那么大。

"铁锈！"

"铁锈！"

"卡特琳！"

他们三个看着沟底的水管。

"很完好。"

"很漂亮的水管。"

尚·弗朗索瓦跳下去，用刀子刮着水管。

"下面的铁是亮的。"

"我一看铁锈就知道。"

"它一直都在这儿。"尼古拉叫道。

"埋在田里的水管一直都在这儿。"

"正好一米深。量量。"

尚·弗朗索瓦量着。

"正好一米。"

"我们现在只需要跟着它。"

"泉水应该在这儿。"

他们站着在看长得很粗的草。

"昨天要是接着干，我们就会发现。"尼古拉叫道。他打量着一切：雪峰，岩壁，白色的森林，重重的田地，山谷。"你应该发现的，卡特琳，要是你在苹果树旁再挖两米。"他望着无垠的蓝天，"我要是向上而不是向下挖也会发现！尚·弗朗索瓦就在他说的地方找到了！"

卡特琳等不及了，开始挖草皮。两个男人慢慢走开，解开裤子撒尿。

又挖了半小时，他们找到蓄水池。

"是块大石头。"尚·弗朗索瓦说，"这盖子肯定有两米宽。"

尼古拉看了看露出来的石板。"他去哪儿找到这么一块石头。从大岩石那里！"

"我们得用撬棍把它撬开。"

"是一整块石头吗？"

"他放得很好，他知道怎么放，这个马蒂厄。我给你说过他很机灵。"

"它有一吨重！"

"他怎么搬到这里的？"

"太大了。"

"大得像个墓。"

"这是耶稣的墓！"

"耶稣的墓。"卡特琳重复着。

尚·弗朗索瓦刮着石头，没刮胡子的脸几乎挨着它。

"我们得把它搬开。"

卡特琳去牲口棚找来铁棍。他们插了两根进去固定石头，用一根来撬。石板纹丝不动。三个人用尽全身气力。

"耶稣的……墓！"

"我们要搬开了。"

"搬……开！"

"往上！"

"往上！"

"里面是啥？"

尚·弗朗索瓦望进撬起来的石板缝隙。

"屎！"

"他说耶稣的墓装满了屎！"

"五十年的屎！"卡特琳说。

"现在移开。"

"慢慢地。"

"有了！"

在三个人的阵阵笑声里，说过的话又冒出来了，绕来绕去，反反复复，淹没在笑声中。

——耶稣、玛丽和约瑟！

——马蒂厄知道自己在做什么！

——对他来说轻而易举。

——大得可以放只绵羊进去。

——这真的是耶稣的墓。

他们把手臂伸到腋窝那么深，想找到出水管。手臂伸出来是黑的。他们用一个桶来清理淤积物，直到水不再溢出。

"卡特琳，去水池那里看看有没有水。"

"有水了。"她叫道，"冒出来像咖啡的棕色。"

等他们疏通完，太阳也落山了。

男人们带着工具回屋。紧靠着墙，在屋檐下，水涌出管子，落下一团团的银色。

厨房里很暖和。卡特琳在屋内走来走去，在火炉和桌子之间端着吃的喝的。

"坐下来，女人！"

"我根本没料到你们今天要来。"她说。

"今晚会结冰。"

"泉水不会结冰。"她说。

"今天是我们可以挖的最后一天。"

"今早我根本没料到你俩要来。"

"卡特琳，你总是预料不够。"尚·弗朗索瓦说。

"听一下。"尼古拉吼道。

他们三个把餐刀放在桌上，透过窗户，他们听着轻快的流水声。

梯子

柱子是松树

横档是白蜡树

每个横档之间

月份的草

马鞍一样压紧

梯子脚下

躺在地上

鼓着肚皮

像一条发胀的灰色面包

一只死母羊

四脚朝天

瘦得像一把

餐椅的腿

昨天她走丢了

吃了太多苜蓿

发酵起来

胀破她的胃

第一场雪

落在她的灰羊毛上

夜里一只田鼠

有条不紊

啃着地上的耳朵

天亮时两只乌鸦

随意啄着

她的牙龈

她结霜的眼睛睁开

每架梯子

都在最高一级

让人晕眩

种子开花了

开成世间的五颜六色

两只蝴蝶

白得像手风琴键

追逐

碰触

分开

飞上蓝天

高高飞过梯子

突然间

它们的白翅膀变成蓝色

它们消失得

如同死者

下来

上去

这架梯子

我的一生

风也在嚎

　　有时夜里听到风在嚎，我就想起过去。村里没什么钱。八个月里，我们在地里干活，生产整整一年我们需要的基本东西：吃的，穿的，取暖的。但在冬天，大自然一片死寂，而这时缺钱就很紧要了。并非我们很需要钱来买东西，而是没什么可做的。不是因为寒冷，下雪，白天变短，或者坐在柴火炉旁，而是因为这个，我们在冬天有点茫然无措。

　　村里很多男人去了巴黎挣工资，做火夫、搬运工或扫烟囱。离开前，男人备好足以过完复活节的干草、木柴和土豆。留下来的是女人，老的少的。冬天我没父亲几乎没人留意；跟我同龄的一半孩子暂时都没父亲。

　　那个冬天，祖父在给我做一个床，这样我就不用跟快要出嫁的姐姐一起睡了。母亲在做鬃床垫。这是母马的鬃毛和奶牛的尾巴毛做的。每天早上，只要夜里下雪，母亲总是这么说："他给了我们更多！"她把雪说得就像不能吃的食物。

给奶牛挤完奶，祖父和我清扫院子里的积雪。做完这个，他去干他的木工活，而我，上学前，则去看看雪有没有埋住那只石头鞋。要是埋住了，我就把雪扫掉。

石头鞋在院里靠墙的地方，就在放土豆、芜菁和几个南瓜的拱顶地窖门旁。打扫院子时，我们不一定扫到边上，所以石头鞋可能被雪埋住。冬天是个失踪的季节。男人们走掉了。奶牛躲在牲口棚。雪覆盖山坡、园子、粪堆和树木。房顶也盖着雪，跟山坡勉强可以区分。然而，第一眼看到这只石头鞋，我就不会让它失踪。

它的样子是这样的。石头泛白，带点蓝色。男人的尺寸。我穿的话太大了。第一次看到它，我想拎起来跟衣柜底下一双胡桃木鞋子比较。做衣柜的男人花了一个冬天才做好衣柜，为了付他工钱，我的曾祖父给这人的新房子敲石头。这人的名字缩写是 A.B.，曾祖父把它刻在这人房子的门上。我见过。年轻那阵，A.B. 爱讲笑话。后来他心事重重，最后他在门上刻着自己名字缩写的新房子里自杀了。我想拎起石头鞋，但它搬不动。

"爷爷，院里为啥有只石头鞋？"我问祖父。凡是难以理解的事情我都问他。过了几个月，他才回答我的问题。

一天晚上，他告诉我，他父亲，也就是我的曾祖父，从牲口棚走进现在这个厨房，说道："妮娜把我眼睛弄爆了。""哎呀！"他老婆叫道，但是一看，她说，"不，你的眼睛没爆。"他的眼睛很蓝。"她顶我，"他坚称，"我喂她的时候。"

爷爷看着他父亲的脸。又可怜又可怕的是，接下来五分钟，他的一只蓝眼睛全变红了，血红，再也没好过。他也没从失去这只眼睛的打击中恢复过来。他觉得自己让人恶心地破相了。

玻璃眼睛不容易找到。一天，一个朋友赶着马车去了Ａ地，在那儿的一家理发店，他看到整整一瓶的玻璃珠。"给我最蓝的。"朋友说。爷爷的父亲不愿戴。相反，身为三个儿子里面最小的，也是他父亲最宠爱的，每当父亲出门，爷爷都得走在他的前头，提醒遇到的人不要盯着他爹的眼睛。

　　一年后，爷爷告诉家里他要走了。他要去巴黎。一家人靠四头奶牛没法过下去。他的几个兄弟没跟他理论，因为要么是他要么是他们中间的一个得离开。他那时十五岁。他父亲要他留在家里。

　　收拾包裹时，他发现父亲的一对靴子。那是家里最新最结实的靴子，他穿上它们。他父亲在屋子上方一堆岩石那里做工。他爬上山坡去拥抱父亲。然后他指了指脚上的靴子，跑下去的时候，他叫道："好的都走了！不好的都留着！"

　　他在巴黎打了几年工，没回家。他的最后一份工是在大皇宫建筑工地，那里要举办世界博览会，迎接新世纪的到来。

　　他不在家时，父亲就着一只眼睛，给自己的墓打着石头十字架和墓碑。他在上面刻着自己的名字，还加上出生日期，一八四〇年，那一年拿破仑的遗体从圣赫勒拿运到荣军院。然后他刻上预计的死期。结果没错，他死在预计的那一年结束之前。我经过墓地他的墓。拿破仑回国的日期我是从学校得知的。

从巴黎回来，爷爷发现了院子里的石头鞋。他说他死去的父亲把它放在那儿，表示他原谅了儿子拿走那双靴子。

就这些。

"你怎么知道他原谅了你？"过了好一会儿，我问他。

"没人可以拿走石头鞋。"他解释道，"它定在石头上，比这所房子还要长久。重要的就在这里。我拿走的靴子不重要。他想让我明白这个道理。"

爷爷给我讲这故事的样子，让我觉得他从未跟任何人讲过。他给我讲让我很荣幸。我不让雪埋住石头鞋，因为我明白这个故事。每当看我俯在石头鞋那里，他都微笑着。

假日都过去了。我们对日期不再有啥概念。茫然无措令人没了时间感。母亲不断重复："他给了我们更多！"我们反反复复打扫院子。角落的积雪愈来愈多，变得像房间那么高。每天，两对乌鸦停在同样的苹果树梢。祖母讨厌它们，因为乌鸦想吃她喂鸡的谷粒。爷爷说其中一只乌鸦比他还老："我情愿付出很多，"他咕哝道，"去看它看到的一切——打仗，官司，轻步兵，各种发明，森林中的情侣……"

一月的一个晚上，祖父做了决定。"明天，"他说，"我们把猪杀了。"杀猪的日子，人人有活干。从那天起，我们知道，不管还有多远，春天快来了。早上会更明亮。不是经常如此，但天空没云就会这样。

我跟着祖父去看猪。

"他跟教堂的长椅子一样长。"爷爷很自豪地说。

"他比去年大了。"我说，想要分享自豪。

"他是我记得的最大一头。都是奶奶那些土豆喂的。她甚至愿意把自己吃的东西给他吃。"

他用手摸着猪的背，像在赞美祖母的品德。

要不要嫁给爷爷，奶奶拿不定主意。他们的卧室有张婚礼照。靠着巴黎打工攒下的钱，他买下几个兄弟的家产份额，家里的农场成了他的。婚礼照上，他俩的脸像苹果一样又圆又光滑。即使在婚礼照上，爷爷看上去也很机灵。他有一双狐狸的眼睛，警觉，精明，幽暗之中有一团火。

或许是他的眼神让她犹豫。

爷爷跟朋友马里于斯透露，奶奶拿不定主意要不要嫁给他。石头鞋的故事之后，他给我讲了很多他的故事。两个朋友想出一个很实用的玩笑。没错。一个证明很有效的玩笑。

复活节前的礼拜天，爷爷跟恋人提议一起去森林走走。那时，紫罗兰和白木莲都开了。前一天可能热得要脱衣服，第二天又会下雪。他们散步的那天下午很冷。他带她走进一座废弃的小教堂，里面可以避风。他亲了她，把手放在她的乳房上。"小教堂没有祝过圣。"他很严肃地告诉我。她解开自己的衬衫。这个他没告诉我。他说："我开始爱抚她。"他给我讲这个故事时，我想象着那对乳房。

突然，他们听到钥匙捅进锁孔，屋顶钟楼敲起警钟：这钟声用于火警或驱赶暴风雨中的闪电。两人困在小教堂里。爷爷假装在找出去的路。我的祖母穿好内衣，把他往门口推，抓着他的背。她觉得他们被强盗捉住了，因为钟声很吵，几乎听不清他说的话。

邻居们穿过森林赶来了，看到马里于斯两腿叉开坐在小教堂屋顶，疯子一样地敲着钟。他们大喊着，但他听不到。他们只看见他要么在哭要么在笑。等他爬下来，他很严肃地把手指放在嘴唇上，打开小教堂的门。两人走出来时，他说："两件事情没人可以隐藏——咳嗽和爱情！"下一个礼拜天，他们的结婚公告贴出来了。

爷爷跟牲口棚里的猪说起话来。对不同的动物，爷爷用不同的嗓音说话，发出不同的声音。他跟母马说话柔和平稳，重复自己的话时，他就像对一个耳聋的伴侣那样讲话。他跟猪说话的声音又短又尖，穿插着呼出来的嘟囔声。跟猪说话，爷爷听起来就像一只火鸡。

"啊呵喔啦啊呵啦！"

发出这些声音时，他把一根套索缠在猪嘴上，很小心地不把套索拉紧。猪听话地跟着他，走过五头奶牛和母马，走出牲口棚，突然走进白雪的刺眼反光中。然后猪犹豫不前了。

这头猪一直很顺从。奶奶像喂家里人一样喂他。他自己每天也在添重。一百四十公斤。一百四十一。一百四十二。现在，他第一次犹豫不前了。

他看到四个人站在他的前面，他们的两手不是插在口袋里御寒，而是伸向前方。他看到我的祖母等在厨房门口，没有拎着一桶猪食。或许他还看到我母亲在厨房的窗户里期待地望着。

不管怎样，他低下头，挪动肥硕大腿下的四只小脚，他后退一步。爷爷扯着绳子，套索拉紧，猪尖叫着，想要后退。爷爷一下子把猪抓住。猪不肯就范。接下来，邻居们也在那儿拉着绳子。

爷爷的朋友马里于斯和我从后面推着。除了嘴巴，猪的每个地方都小。他的屁眼跟衬衫的纽扣眼差不多大。我抓着他的尾巴。

拉扯了五分钟，我们把他拉过院子，拉到木头大雪橇旁。这个雪橇要了我父亲的命。

爷爷和祖母等了四年才有孩子。"天气和屎，"爷爷说，"自有考虑。"我父亲是他们的头胎。两年后有了我姑母。他们再没其他孩子。所以，等他够大，爷爷就得让我父亲干活。雪橇要了他的命时，父亲三十岁，我两岁。他去山上牧场运干草下来。小路很陡，约有三公里长，有的地方穿过岩石，有的地方很泥泞，有的地方在砌满石堤的急转弯铺了碎石。六月，我们从这条小路把奶牛赶上牧场，九月底再把它们赶下来。我帮爷爷把牛赶上去时，他从不在儿子死掉的地方停留。那里有块悬空的灰色大石头，就像鲸鱼的一侧鼓出来。不是上山，而是秋天的时候下山，我们总在这块石头下面停住，爷爷说："这就是你父亲的心脏停止跳动的地方。"

我们得把猪抬上雪橇，让它往右躺着。在院里挣扎时，他用脚使劲蹬着地，不愿被绳子拉走被人从后面推。感觉自己被掀翻，他的四条腿乱踢，拼命想站起来，同时也叫得更大声了。他从未像现在这样发现自己有这么大的力气。

男人们都扑上去。在一堆人下面，一下子看不到他了，他躺着不动。我能看到他的一只眼睛。这头猪的眼睛很聪明，他的恐惧现在带着灵性。突然，又抓又踢，他像一个男人那样搏斗，一个跟强盗搏斗的男人。

接下来十二个月，他把自己的身体给了我们的汤，替我们的土豆增味，为我们的卷心菜加料，把我们的香肠装满。他的大腿和圈圈乳房，腌了风干，会躺在架子上，挂上爷爷和奶奶床上方的天花板。

我们咕哝着，用膝盖和双拳让他安分下来。爷爷把他的三只脚拴在雪橇的侧杠上。只要有一只脚被拴起来，猪都使劲想要挣脱绳结。我爬上去坐在他的后腿上。男人们又骂又笑。奶奶走过院子，我朝她挥挥手。

我父亲死那天，他已运了三车干草下山。那是十一月，下雪前。干草在雪橇上堆得很高，用绳子拴着。在小路上头，下坡前，你坐上雪橇，拉一下，然后踩着刹车，让雪橇向下滑过三公里的石头、树叶和尘土。刹车时，你的脚后跟往下踩，身体向后靠着干草。在路的上头，要是觉得干草太沉，你把木头拴在雪橇后面，一路拖着，作为额外的刹车。

没人知道我父亲把第四车干草运下来时出了什么事。他死在雪橇下。大家说他本可以把雪橇从胸膛上推开的。也许那个十一月的下午，冬天来临前，他太累或太伤心，已经鼓不起勇气了。要么，雪橇把他撞晕了。

祖母对我叫道："小心别让他踢你！"然后她把刀给了爷爷，一小把，不会长过餐桌上用的。她拿着盆子跪在地上。

在很下面的地方，爷爷划了很小一刀，血从那里涌出来，仿佛一直等着喷出来。猪挣扎着，知道太迟了。我们五个重重地压着他。他的尖叫变成深呼吸。他的死亡就像倒空一个盆子。

另一个盆子却装满了。祖母蹲着，搅着他的血，免得血凝固。她不时把血里面的白色纤维质挑出来扔掉。

他的眼睛闭上了。没了血，他体内的空间正被一种睡眠填满，因为他还没死。在雪橇上方，马里于斯轻轻地上下摇着猪的左前腿，好让心脏停止。爷爷看着我。我想我明白他在想什么：有天我要是太老了，你就来杀猪！

我们搬来面饼槽，长得可以躺进一个人。把他放进去之前，我们在他腰上缠了一条链子，这样他身上打湿了，我们也可以拉着腰带让他翻身。把面饼槽像澡盆一样灌满，需要两牛奶桶的热水。他躺在那儿，几乎全身浸着水。用餐匙侧面刮他皮肤，我们剃着他的毛，剃得愈光，他的皮肤看上去愈像一个人的。在热水里，他的毛很容易剃掉。他不像村里的人，因为他太胖太白，而像一个悠闲的人。最难剃的地方是他的膝部，那里的皮肤很硬。

"他比僧侣祷告得还要多。"马里于斯说，"他日夜都对着饲料槽祷告。"

等他光溜溜，脚趾的皮也剥掉，爷爷在猪嘴穿了一根钩子，我们拉着滑轮把他吊起来。滑轮装在我儿时经常玩耍的一个木阳台。上到阳台只能通过干草棚的一道门；没楼梯，所以母亲知道只要我在那儿，在院子上方爬来爬去玩耍，我就很安全。这头猪的块头比我们任何一个人都大。男人们把一桶桶水泼在他身上，为了庆祝，他们喝了第一杯烈酒。

有一回，爷爷跟我说起死亡。"昨晚，"他说，"赶着母马拉点儿木头下来，我觉得死神就在身后。我于是转过身去。只有我们下山的小路，胡桃树，刺柏丛，长了苔藓的大石头，天上几片云，角落里的瀑布。死神就藏在它们中间。我一转身他就藏起来了。"

猪的两条后腿离开地面十厘米。

"一刀两断！"爷爷叫道，用小刀划了长长一刀割断猪头。

猪身落地。

"脑袋给你！"他对我点点头。我知道我得怎么做。我拎着猪头，快步跑上院里的雪堆，踩出一个个深坑，来到上面。我把猪头放在白色的顶端。

男人们在喝第二杯烈酒了。

爷爷把小钩子插进每条后腿的两块骨头之间。这一次我们把猪身吊起来，脖子朝下。乌鸦被院里的男人们吓着了，不敢靠近雪堆上的猪头。

从肛门到脖子，直到肚子中央，爷爷很灵敏地用刀子割着，把皮肤和脂肪翻开。"安德烈！"他在齿间叫着我的名字，因为他太专注了。

除了雪堆上的猪头和猪脑，他把让猪成为一头活生生动物的一切都显露出来。热腾腾的各类器官有如兔子的内脏，让人印象深刻的是它们的大小。猪的肚子划开时，就像一个山洞的洞口。

爷爷有一次告诉我他挖过金子。有个夏天，他和一位朋友每天早上提前两个小时起床去挖金子。他们什么也没挖到；但他带我看了那个洞，如果哪天我想接着挖。那个洞在一个长满树木的陡坡上，藏在冰碛之中，那里的大石头、树根和土壤盖了厚厚一层绿色的苔藓。不管你碰到什么，都像碰到动物身上的软毛。

我抓着锌皮锅的一边，马里于斯抓着另一边，等着内脏和猪肚落下来。就像一个女人用剪刀尖挑开针脚，爷爷只用刀尖就把内脏割开。灰色的内脏溢出锌皮锅，我们得用手握着。它们是热的，散发着杀戮的气息。

猪肝，白色透出粉红如同两瓣梨花的猪肺，还有猪心，爷爷都是分别割掉。

我又跑上雪堆，掉转猪头，让他面对空空如也的猪身。猪头下面，血融化一小块白雪，形成一个红色的洞。站在雪堆顶上，我的脑袋跟木阳台的栏杆一样高，我刚学步时就在那儿玩。下面的男人们正把一桶桶水泼向猪身，用布擦着里里外外。然后他们进屋吃饭了。

桌子中央摆着一溜新烤的面包和大瓶的苹果酒。苹果酒有两种，两个月前才榨的甜苹果酒，还有去年的，更烈。陈酒很容易分辨，因为更浊。多数女人喝新酿的苹果酒。

我母亲在火炉上一个黑色的大铁锅那里斟满汤钵，端到桌上。为了庆祝新杀一头猪，我们要把去年杀的猪剩下的部分吃完。

腌脊骨熬的汤里有胡萝卜、防风草、扁葱、芜菁。切好的面包递来递去，依次握在各人胸前。然后，手里捏着汤匙，我们吃了起来。

有的男人聊起战争。几个礼拜前，山上林中一个岩洞又发现一个德国士兵的尸体。这是一九五〇年冬天。

"要是待在家里，他今天正跟老婆在床上睡觉。"

我喝的是烈的苹果酒，听着每一句聊天。

每年杀猪时，所有邻居、神父先生和学校校长都应邀赴宴。校长坐在桌子上方爷爷身旁。我很担心他给爷爷讲起那头刺猬。刺猬是在校长挂衣服的教室衣柜里发现的。我们把校长叫作刺猬，因为他的头发在脑袋后面竖起。他的两只手也很小。他戴眼镜。站在全班面前，他让放刺猬在衣柜里的同学把它拿走。没人站起来。没人敢看我。然后他问："有谁知道刺猬为什么有臭味？"像个傻瓜，我举手说，刺猬害怕的时候会有臭味。

"既然你比其他人知道得更多，那就请你把它拿走。"其他同学笑了起来，有人叫好的声音让他明白找到了罪犯。作为惩罚，他要我学习并高声背诵关于刺猬的一页书。第二天他把书带来了，我必须坐在教室里，直到学会。我还记得这样的开头："狐狸懂得很多小事情，刺猬只知道一件大事情。"我纳闷他自己有没有读过这页文字，因为下面几行字解释道，由于脊柱特别，刺猬不能像别的动物那样交配，只得站着交配，像男人和女人那样面对面。

我安心了，因为校长把爷爷逗笑了。坐我对面的法恩，就住我家田地下方，能治烫伤，在讲她妹弟若塞的一个故事。他去 C 地，那天有个节庆还有乐队。他夜里回来很晚，坚信自己在一家咖啡馆把尿撒进一个金马桶！结果他把尿撒进一个乐手的巴松管！

我母亲一直没坐下来过。她在桌子周围上菜。她端来肉馅卷心菜时，我们都在欢呼。"你们尝了再说！"她嚷道，很自信。这道菜一大早就煮在一口大锅的网子里。她先是把一个盘子放进网底，然后在盘子上放了一层卷心菜叶，然后是一层猪肉末、鸡蛋、青葱和马郁兰的馅料，然后是一层菜叶，然后又是一层馅料，直到网子像一只鹅那样又满又沉。眼下，我像个男人一样在喝去年的苹果酒。

"我很想知道一万年前生活是啥样的。"爷爷在说，"我常常想这个。大自然会是一样的。一样的树，一样的土，一样的云，一样的雪，一样地落在草上又在春天融化。人们夸大大自然的变化，是为了让大自然显得轻松一些。"他跟邻居一个回来休假的儿子说着，那儿子在当兵。"大自然抗拒变化。如果有些东西变了，大自然就等着看这变化是否继续，如果不能继续，就用全部力气把它摧毁！一万年前，河里的鳟鱼跟今天应该是一样的。"

"猪可不见得一样！"

"所以我想回到过去！看看我们现在知道的东西最初是

怎样的。就拿羊奶酪来说。很简单。给山羊挤奶，把奶加热，把它分解压成凝乳。嗯，我们还没学会走路就看到这么做的。但分解羊奶的最好方法，他们当初是怎么发现的，取个小山羊肚，把它像气球一样吹涨，晾干，用酸液泡，磨成粉，再将几把粉放进加热的羊奶。我很想知道那些女人是怎么发现这个的！"

桌子另一头，客人们在听奶奶讲一个故事。邻村有两个表亲住在一起，因为他们继承了同一宗财产……

"要是像树上的乌鸦那样看着，我就想知道这些！"爷爷说，"那些错误是得犯！一步一步，慢慢地，就有了进步！"

两个表亲吵吵闹闹大打出手。一个把另一个的鼻子咬掉一截。两人吓得不敢再打了。过了几天，被咬的那位在园子里挖土，鼻子上缠了一块布。他看到表亲在栅栏另一边走出房子。"喂，喂！"他叫道，"你今天肚子饿吗？怎么不过来把剩下的鼻子吃掉？"

只要有盘子空掉，我母亲就把更多的肉馅卷心菜堆进盘子。

"大自然没有摧毁的知识脉络，就像岩石里的金脉一样。"爷爷在说。

面孔在热气中发亮，桌子愈来愈凌乱。我母亲端上来一块苹果馅饼，跟马车的小轮子那么大。

"所以我想经历几千年去到未来。"

"不会再有农民了。"

"别这么肯定！我说的不是四万年，我说的是几千年！我会像那只老乌鸦看着我们那样俯瞰他们！"

除非我集中精力，厨房的墙都在转。桌上的苹果馅饼旁是一杯杯咖啡和一瓶瓶烈酒。我一口气喝了些咖啡。

"所有农场都会在平原。"校长说。

院里的冷空气让我脑袋清醒。吃到最后，客人们走了，说道："下次再来。"

我想找借口不去上学。时机不好，因为唯一可能的借口，是我有活要干，但需要我做的不是太多。爷爷把猪身从后面切成两块时，我抓着猪的两只前腿。

他用肩膀扛着一块，我拿掉钩子，他搁稳了，扛着走过院子，经过石头鞋，走上外面的木梯，走到拱顶地窖上面的房间。这块猪肉的长度超过他的身高。他走得很慢，在梯子上停了一下。扛第二块时，他停了三次。

明天他要切肉，整整齐齐摆出来，就像一丛粉红的翠雀花，放在木板台上。每年他都这样整理猪肉。

然后我母亲会用木盆腌肉，六个礼拜后，爷爷和我会去找来刺柏枝熏火腿和培根。

厨房已经恢复井井有条的忙碌。擦干净的桌子上，女人们在清洗猪内脏，准备用猪血来做血肠。我不情愿地走下陡峭的山路去上学。

走到外面时，我得强睁眼睛对着落下的白雪。奶奶没有提醒我别把靴子上的雪带进厨房，因为她在哭。她和我母亲已把爷爷抬到床上。

他在院里倒下的。明天，跟我们一起吃过午饭的邻居要过来跟他告别。

世上没有哪座大山像他的脸那样平静和冰冷。我等着他的脸动起来。我告诉自己我会等一晚上。但是那一平静击败了我。

我走到外面，走过院子去看石头鞋。月光很亮，我可以看到。

我听到爷爷又在讲："要是像树上的乌鸦那样看着，我就想知道这些……"

夜里，雪更大了，早上，在院里的雪堆顶，我看到一个出乎意料的东西，盖着白雪。我把猪头给忘了。我再次冲上去。我把雪扫掉。猪的眼睛闭着，皮肤冷得像冰。那时我才开始号啕。我不知道在那儿坐了多久，坐在雪堆顶，号啕大哭。

村里的母亲

母亲
　把新的一天
　　凑近她的乳房

芜菁
　如头骨
　　堆得
　　　房子一样高

在鲜血从天空的腿上
　洗掉之前

唱给幸存者

罗莎属于名为阿邦当斯的品种，这个名称来自三条姐妹河流之一，从很多瀑布的高峡流进湖里。她的颜色是红褐与白，白斑多在腿的内侧、下腹和脖子的垂皮，所以你会觉得她是一头红褐色的奶牛，刚从一条牛奶河涉水而过。她生过四头小牛。总共四次，在她宽大的后腿之间，一头形状完美的动物在子宫内发育，然后生下来，有着红褐与白色软毛，小角，蹄子，睫毛，牙齿，耳朵，性器官。总共四次，分娩让一股奶水流进她的硕大乳房，她的乳房就像一轮圆月在山的后面升起。

马蒂娜养了六头奶牛，罗莎的奶水是其中最好的。生完小牛，她每天的奶水多达二十升。

"奶牛就像酿酒坊。"马蒂娜说，"要想奶水好，你需要好的牧场。"

她的牧场小屋在高山上。她在那儿做的黄油是村里最好的。

马蒂娜五十多岁。她丈夫在山谷一家锯木厂做工。在高山牧场，跟她做伴的是个老头，大家叫他若塞，虽然他的真名是尚·路易。

若塞没有家，来自山的另一边。他声称做了一辈子羊倌，或许是真的，但没人太过相信他的话，因为他通常说些酒话。他住在马蒂娜和她丈夫那里，作为收留他的交换，他给他们做工。如果有人聊天时问起：哪个若塞？大家总是把他叫作马蒂娜的仆人若塞。

"罗莎疯了。"一天晚上，若塞对她说。

"你为啥这么讲？"

"她三次受精，一次也没中。"

"我们试第四次。"

"她一个月两次发情会疯的。你早该卖了她。"他嘀咕道，"我在山下就说过。"

"她是我们最好的奶牛。"

马蒂娜有一把轻快的嗓音。

"我照料了五十年奶牛。"他咕哝着，"五十年。"

"我觉得你不能再喝了。"

她说着，从桌旁站起来。她不让他碰那几升酒，那是她留给自己或偶尔来的客人的。他自己从来不存太多的酒。他更喜欢趁着运奶酪下山或取面包时到村里去，回来在帆布背包里装个四五瓶酒。

他没理睬让他少喝的话。

"女人！"他继续说，"我一个人在山上的时候，我把要做的事情放在一边，把做完的事情放在另一边，很简单。有个女人在旁边，啥都不简单。"

"可怜的若塞！"

"但是罗莎疯了！"

小屋有个昏暗狭小的木房间，就像航船的船舱。对着门的尽头是个木台，那就是床。

他不再出声，慢慢走到门口。他的心情可以变得很快。开心时，他跳舞一样地进门。消沉时，他走出房间，仿佛要让这个世界自我毁灭。

房间挨着牲口棚，只隔一道木板。从床上，马蒂娜听得到山羊撒尿。不过，即使这道墙厚上一百倍，她也听得到那晚惊醒她的撞击。它回响着，仿佛整个木屋都被撞了。

他俩同时走进牲口棚。

"怎么回事？"马蒂娜问。

老头眼神兴奋，看起来又快活了。

罗莎站着，盯着手电筒的光。另外五头奶牛安静地躺在木地板上。山羊也盯着，带着通常会有的矛盾表情，惊奇而嘲弄。

"不是打雷。"若塞说，"天空……"

"是什么声音？"马蒂娜打断他，"你听到了吗？"

"我听到了。"

"你没睡着？"

"没。"

"那是什么声音？"

"就像有人想要打穿地板的声音。我以为是你。我听不到你的声音。女主人出事了，我告诉自己。她需要我。我要下去看看她。"

"去外面瞧瞧看有啥。"

他步子轻快地走了出去，不再拖着脚步，一个目标明确的男人。

"跟湖水一样平静。"他回来时说。他习惯使用不合时宜的措辞，仿佛在说自己的过去。

"很神秘。"她说。

"我敢说是罗莎。"

"我正梦到罗莎，那个声音就把我惊醒了。"马蒂娜说。

老头凑近一步。他的眉毛、太阳穴和鼻梁就像烤牛奶的皮那样起皱。她犹豫片刻，仿佛要问他什么。但她显然随即打消念头。他的过去是个谜，并非因为他不愿回答问题——他一直都回答——而是因为这些问题注定没用。

"对，我在做梦。我们不在这个小屋，我们在山下。我去厨房睡觉。是在梦里。但之前我让你帮我推床，卧室的大床，主人就在这张床上出生的，把床斜着推到窗户。我们一起推。为了不让罗莎跳出去。摆张床是个屏障。但我醒来明白罗莎不见了。"

"大多数的梦都很可笑。"他说。

第二天早上，他带奶牛上去吃草时，她检查了一下牲口棚，看看夜里把他们惊醒的东西有没有留下什么痕迹。

若塞抱怨女人总把事情弄复杂并不正确。在高山牧场十个夏天，他俩未必商量每天要做什么。他赶着奶牛和山羊出去；赶着它们回来；他打扫牲口棚；他劈柴；他照料马。他对待马，就像它不是主人养的而是自己养的。也许这是因为年龄，因为马三十岁，他七十六岁。"以马的年纪，"他说，"他比我老。"马蒂娜则挤牛奶，打黄油，做奶酪，给两个人做饭。

眼下她在检查牲口棚的墙，两边的门，他用铲子把牛粪从墙上一个窟窿推下去的木槽，她刚好走得过去而他得低头才行的横梁，饲料槽，拴奶牛的链子。她没发现是什么把她惊醒的迹象。

她上到阁楼。没东西掉下来。他睡觉的干草堆有个深窝。他的几件衣服挂在一根梁上。正要走开，她看到干草堆旁一个打碎的酒瓶瓶颈。她跪下来找瓶子的其他部分，但什么也没找到。跪在地上，她可以透过地板缝隙看到下面。

她回到牲口棚，提起裙子，岔开腿站在奶牛撒尿的木槽上方。一边撒尿，她一边望着上面。罗莎头上的地板有裂缝，有一块全裂了。

等他回来，她让他看木板的裂缝。

"正好在我睡觉的下面。"他说，"我告诉你她疯了。"

"她拴着的，怎么会撞呢？"

"奶牛疯起来，你会大吃一惊。她可以灵魂出窍，然后再回来。"

"木板的裂缝也许早就有了。"

"也许吧。"

"那么是谁弄出来的声音呢？"

"罗莎！"他拧紧一张脸，因为这么清楚她还不明白。

几天后，奶牛想上他。

"我看她从后面来。我运气够好转身看到她来。她冲下山，前腿离地！她会弄断我的背的，五百公斤像那样压在上面。七十六年了，我的背让我两腿站直，这可不是坏腿。"

"你怎么办？"马蒂娜问。

"这是一双男人的腿。"

"那你怎么办？"

"我跑到一边躺下。"

"躺下？"

"躺地上。不让她有目标。哪怕一头疯掉的奶牛也上不了地上的一个影子。"

她乐得拍着自己的腿。他们坐在桌旁快喝完汤了。

"不过你也瘦得跟影子一样。"

他的肩膀很宽，但身体其他部分看起来总是藏在衣服的皱褶里。

"我知道我在地上更安全。"

"她可能踩到你。"

"她如果上我，会弄断我的背的。"

"天理不容！"

"我老了，比起我来到这个世界的小洞，我更靠近那个大洞。"

"但这个小洞还是让你有兴趣！"

"明天我下山。"他说，并不接招，而是喝着杯子里的水。"明天下午。"

"你可以带着奶酪。"她说。

他很满足坐在黑暗中，抽支烟，偶尔走到门口吐痰。但黑暗让她烦躁，除非她在床上。如果坐着，她愿意读书。她最喜欢的书是关于世界其他地方的：中国，巴黎，大溪地。黑暗中，若塞的脸现在勉强可辨。村里其他老人脸上的皱纹和眼袋，可以归入有日期和讲得出细节的事件与阅历；他的依旧神秘，跟任何故事都不相关，就像一棵树的树皮纹路。

"我在想，"他说，"她兴许闻到我在她的上面睡觉。"

马蒂娜点点头。静悄悄的牲口棚内，奶牛都躺下了。外面，大山在星空下旋转。那晚，若塞跳舞一样地走出房间。

她脱掉大部分衣服。他俩共用一块镜子的碎片，一张扑克牌大小，挂在门外墙上。早上，她在镜子前梳头，每周一次，他在那里刮胡子。高山牧场没人知道自己啥样。她光脚站着，他又折回来了。

"我告诉你她疯了。"他说。

"没事儿，若塞，你要是说对了，我们秋天就把她卖了。"

她弯腰爬上木台，因为屋顶太矮。从站着的地方，他看到她的白色身影，模糊但又像朵蓬松的云，拖着白腿。

"我不要睡那个角落。"他说，"会刺激她。"

"你看着办好了。"

"我最好还是睡外面。她闻得到我。"

"行了，若塞，你又不是公牛。"

"一头老公牛，很老的公牛。"

她在木屋深处轻轻地笑着。

第二天下午下山前，他对她咕哝道，她应该留心一下奶牛。也许，长者很少得到服从的一个原因，是他们很少坚持自己的话是千真万确的，这是因为他们觉得，比起他们从不谈论的那一个大道理，这类特定的真理不过小事一桩。

等他带着三条面包和五瓶酒回来，他的眼睛泪汪汪地睁开。这说明两个小时的上山路程，他喝了一瓶酒。他去赶奶牛回来，在山坡上晃了一两次，仿佛扑进一个新朋友张开的手臂。然而一刻钟后，只赶着五头奶牛回来，他相当清醒。

"罗莎不见了。"他很严肃地说。

"她肯定走到高处了。"

"我去看了，没见着，我听不到她的声音。"

"你听力不好。"她说，"我去看看。"

"你可以是个聋子，"他答道，"你也可以耳朵很灵，但什么也听不到的话，就没啥区别了。"

"她以前从没走掉过。"

"她以前从没发疯过。昨天她想上我。我给你说了我怎么做的吗？我看到她过来，我躺下来。今天她闻到风里有公牛的味道。"

给其他奶牛挤完奶，他俩出去找罗莎。蚱蜢的后腿抬起，蛇一样不断发出嘶嘶声。肉眼望得到二三十公里外。她大步走着，比若塞走得快，或许因为发生的事情更让她吃惊。山坡下面，牲口的颈铃就像每晚那样响着。然而还是不见罗莎。

冬天没法准确记住牛铃的声音。譬如，你忘了夜里它们星星一般叮当作响。同样，一旦季节转换，你也没法记住六月的夜晚有多长，那时光线和大山看上去都像永远不变。在这片延伸至地平线没有尽头的光亮中，快到十点，若塞发现罗莎躺在草丛里，就在小屋一百米处。看到她，这么安静也这么近，他吓了一跳。

"耶稣！"他嘀咕道，"你在这儿多久了？"

正午左右大约一个小时，奶牛躺下来反刍。那天下午，她们起身时，罗莎离群爬到小屋上方的山峰。她的离群显然目标不明。她从山峰走到另一边，那里开着杜鹃花，有些地方的陡坡有三十度。平原的奶牛可能会跌死。但罗莎在山上过了六个夏天。若是没人，她甚至知道怎样打开牲口棚的门；她把门打开，其他奶牛跟着她进去。在下一个山谷的谷底，罗莎小心翼翼走过森林，因为有裂缝的岩石和云杉的树根就像天然陷阱，一头笨重的动物可能掉进去摔断腿。走出森林，她爬上另一个山峰，在那儿俯瞰着第三个山谷。

这个山谷的牧群有八十头奶牛和两头公牛。公牛是白色的，属于夏洛莱种。罗莎哞哞叫着。她叫了不过两次，一头公牛就发现天边这头奶牛正在发情。他急切地朝她爬去。第二头公牛也跟着。

罗莎有没有想从第二头生猛的白公牛面前退却？她面对的是山坡而不是山顶？她是不是更加疯狂，等着第三头公牛或第一头回来？接受了第一头公牛，她的渴望是不是有所缓解，让她的脊背只能承受较轻的重量？每头公牛几乎重达一千公斤。这些问题永远没答案。两头公牛下山回到牧群，罗莎踏上回家之旅。

等她看到她能打开的门，疲惫压倒了她，她躺下来。或许在这胜利时刻，她依然平安无事。休息完了，她前腿跪着，想站起来走到牲口棚。可是，不但没能抬起后半身，那个有着持续需求迫使她翻过一座山的后半身，她的后半身反而往下倒，整个身体也跟着。她滚下山坡。每一次，弯曲的腿划过天空重新落地，她都想把腿插进泥土，但每一次，庞大身躯的冲力让她无能为力，她又滚了一圈，每滚一圈，她都愈滚愈快。

若塞用脚量了量，发现她滚了一百米。她最后怎么让自己停住的，这是另一个谜。他耸了耸肩膀。然而她停得正是时候。下方几米开外，山坡倾斜到几乎四十五度，那就什么也救不了她了。她会撞到坡底的大石头。一堆卖不出去的碎肉和骨头。

"罗莎回来了！"他叫道。

马蒂娜跑了过来，突然停住，看着奶牛出乎意料地躺在地上。

"她把腿摔坏了？"

若塞摇摇头。

他俩又推又拉想让奶牛站起来。她动也不动。

"我们弄不动她，就靠我们两个。"

"早上我下山去找人帮忙。"他说。

"我不能让她一晚上单独在这儿。"马蒂娜坚持道。

"奶牛只是动物。"他说。

"我要跟她待在一起。她会滚下去撞到岩石那里。"

他迈着沮丧的步子走开了。

"二十七年，这是我第一次遇到奶牛出事。"她轻声说，摸着奶牛的角和耳朵，"愚蠢的事故。愚蠢的奶牛事故！"

罗莎用她心满意足的眼睛跟随着女人的动作。她的两只角冷得异常。

若塞肩膀上搭着几条毛毯回来了。他平静下来了。

"我跟她待在一起。"他说。

"但我也不会睡。"马蒂娜说。

他们用毛毯盖着罗莎，然后自己也盖着。

"她知道怎么回事。"马蒂娜说。

奶牛疼痛时很少出声。她们顶多用大鼻孔喷着粗气。

裹着毛毯，他俩望着山谷的远方灯火。天空清朗，银河像一只雾白色巨鹅，啄着一口罐子的边缘。

"她能动就好了。"马蒂娜嘀咕着，"我可以给她挤奶。"

她躺在奶牛的脑袋旁，手腕缠着套索。他躺在奶牛的四条腿之间。

"这些村子整晚有灯。"他说，"一，二，三，四，五，六，七，但没一个是我的村子。"

他从口袋里拿出一把口琴。自他应征入伍后，这把口琴跟他五十年了。那时他还年轻，常常假装在吹一把看不见的小号，只用嘴唇和手。要是别人请求，他就吹着这把不存在的小号，给整间营房带来娱乐。一天晚上，一位友好的军士说："你吹得够好，应该有东西来吹。这里，我有两把。这把拿去。"于是他有了一把口琴。

眼下吹着口琴，他的脚敲着山坡，望着下面的点点灯光——就跟一把汤匙上落下来的糖粒一般大小。

他吹了一曲波尔卡，一曲瓜德利尔，一曲华尔兹，《月桂树上的夜莺》，一曲利戈顿。他俩后来都不知道他吹了多久。夜里变冷了。他的脚在山坡打着拍子，他的两手在月光中抚平和激发每一段旋律，仿佛那是奇迹一般停在乐器上的一只鸟。所有音乐都是关于生存，唱给幸存者。罗莎动了一次，但她挪不动麻木的后半身。

等他不再吹奏，马蒂娜轻声说着，仿佛在说出生的孩子。"我记得你刚来的时候常吹口琴。"

"十二年前。"

"主人问你"——她现在笑了——"你会不会吹《迷人

的罗莎莉》！"

"十二年零两个月。"

"你还记得月份！"

"对，那是四月。有雪。我敲了门，问我可不可以睡谷仓。你说可以。第二天化雪了，再后一天我帮着种土豆。那天要是没化雪，我现在不会在这儿了。"

"我们家只有几个女儿。"她说，算是解释。

他俩听着罗莎的艰难呼吸。

"主人跟狐狸一样精明，不是吗？他常把钱放桌上。你知道不？他常在夜里把钱放那儿，看我是不是很老实。有一天我跟他说，'您不用担心！我吃自己的钱，但我不会吃您和女主人的！'"

想到十年前这番敏捷回答，他唱了起来：

> 晚上好！晚上好！
> 你给了我月亮！

当他想不起更多的歌词，他继续吹着口琴。他在给她唱小夜曲。他隔着靠在地上的罗莎的脑袋唱给她听。不时，出于机智，他不再看她，而是看着对面山峰。他在给大山和女人演奏。给死者和尚未出生的人。

然后，笑着，他又唱了起来：

晚上好！晚上好！
你给了我月亮……

最后一个音符，他的嗓音像风暴中一棵松树那样嘎吱作响。山坡上没一丝风。然后，他把贝雷帽拉到耳朵上，脑袋躺下睡觉了。

过了五分钟，马蒂娜说："明天我们要是可以让她在牲口棚站起来，她还有救。她想站起来，我感觉得到，若塞。"

他膝盖蜷缩已经睡着。他张开的手，尤其手掌，落到奶牛的乳房上。一旁是一个空酒瓶，他肯定是掖在毛毯下面拎过来的。

第二天早上，八个邻居来拖罗莎，把绳子拴在她的四只脚上，拖过草地，拖进牲口棚。他们说要用滑轮和绳子把她吊得站起来，但是牲口棚的屋顶太矮了。他们走后，马蒂娜继续苦思怎样才能救罗莎。

她把几块木板推到她的下面，希望把她撬起来。她让若塞站在一块木板的顶端。他使劲上下跳动，直到他得停下来提裤子。但是什么也动不了奶牛。她的自满神情变成漠不关心。她的一块块白斑被牛粪和把她拖过来时沾到的泥土弄脏了。

依照马蒂娜的指令行事时，若塞不停摇着脑袋。

眼下她有了个主意，他们应该把木块钉在她后腿旁的地板上，这样如果她想自己站起来，就有东西顶着。若塞砍了几块木头，钉在地板上。

屠夫的卡车来的那天，罗莎被拖出门，拖上斜坡拖进卡车。她一点声音也没有。她只是转着眼睛，向上转着，直到只剩眼球下面的蓝灰色可以看见。

在卡车里，她最后一次想要挪动沉重的身体，肌肉，组织，器官，通道，血脉，所有这些让她为一头公牛而疯狂的东西，让她成为一头产奶二十五升[1] 的奶牛的东西。但她动不了。山坡的寒气正在侵上她的脊背。

---

[1] 本文开头提到产奶二十升，此处原文如此，疑误。——编注

马蒂娜爬上卡车,把一抱麦秆塞在罗莎的侧身和后轮周围尖利的金属罩之间。下山的路都是凹坑,她不愿意这头动不了的动物受苦,皮肤被金属磨破。

"她是一头奶牛。"卡车后门关上时,其中一人说道。

"一头可怜的牲畜。"另一人说。

若塞盯着卡车离去,车子开出视线很久了,他还站在满是车辙的路中间。

"喂,若塞。"一位邻居叫道。

他转过身,挥挥手,跳了三下舞步。

"来喝一杯!"

他消失在牲口棚里,在那儿看着比他还老的那匹马。

日落

像条鳟鱼

我们的山

浸入落日

光线散尽

鳟鱼死去

嘴巴张开

黑夜

展开云杉的翅膀

让大山飞翔

飞向死者

金钱的价值

他的脸很瘦，他的身体却很粗壮。六十三岁了，他的头发还是黑的。赶着吉吉，他干活时的马，他俩明显很像：两个都结实，就像一只稍稍握紧的拳头。他高坐她的颈圈旁，坐得很稳，而她，有着粗壮短腿，攀上陡坡。

他是村里唯一新栽了苹果树的人。榨完苹果酒，他把一捧苹果渣仔细地埋在园子角落。明年会发一些嫩芽。他把它们分开，施点腐肥，过了三年就粗壮得可以栽进果园。然后他会嫁接。

其他人推测，这些老树——有的可能两百年了——会活过他们的一生，在这之后果园就会荒弃。

我走了后，没人来料理我的农场了，其中一位说。

我们会在死人的果园里！另一位高声嚷道，嗓门大得证明他们还没到那果园。

然而，马赛尔是位哲人。晚上，他试着给自己解释白天发生的事情，然后依照自己的解释行事。

他这么解释为啥要栽新的苹果树。

我的儿子们不想在农场干活。他们想有空闲的周末、假日和固定的时间。他们喜欢口袋里有钱可花。他们去挣钱了，对钱着迷。米歇尔去工厂做工。爱德华经商。（他用了经商一词，因为他不想对小儿子严厉。）我觉得他们是错的。整天卖东西，或在工厂一周工作四十五个小时，这不是一个男人的生活——这样的工作让人无知。他们不太可能再到这个农场干活。农场在妮科尔和我这里就完了。为了注定完结的某样东西，为什么还要这么努力和专心干活？对此我回答：干活是为了保存我的儿子们丢掉的知识。我挖洞，等新月出来栽这些树苗，都是为了给我的儿子们一个榜样，如果他们感兴趣的话，如果没兴趣，则是给我父亲和他的父亲看，他们传给我的知识还没抛弃。没有那些知识，我什么也不是。

没人料到马塞尔会进监狱。常常，一个人的命运因为他自己的行为突然改变时，很难知道他的故事最早究竟是从什么时候真正开始的。我最早只能从去年春天讲起。

他把冬肥拉到田里，间隔大约两米，把肥料分成一小堆。然后他把这一堆堆肥料均匀地耙到草上和土上。装肥料的翻斗车由吉吉拉着。马和人的相似体格大有用处。车子装满四百公斤时，年轻的母马把车尽可能快地拉上斜坡，这样可以增加爬坡的冲劲。马塞尔，在她脑袋旁握着笼头，跟她一起大步走着，她的前腿和他的两腿步调一致。走得很快。他们常常被迫停下来喘口气，然后再走。他们一起干活时，他跟她讲话，用一些很简单的声音来节省他的呼吸。这些声音源于曾有的简短命令或咒骂；现在它们没了意义，只是他们爬坡步伐的伴奏。有时，他也在 B 地监狱的囚室发出这些声音……

从家禽棚，妮科尔看到一辆陌生的拖拉机一路开来。她等着看它在哪儿转弯。在路中央，车轮压不着的地方，春天的草已经在长了。在路旁，堤上面，是一丛丛紫罗兰。

耶稣！马塞尔会怎么说？当拖拉机驶近农场，妮科尔问道。

她朝驾驶座上的儿子爱德华挥挥手。他驶过堆过肥料的地方，驶进院里。他爬了下来，让引擎开着。拖拉机是蓝色的。

我买得便宜，他跟母亲叫道。有十二年了！

妮科尔鼓励地笑着。担心一过她就忘了，而且不愿去想接下来的担心。

他只会因为不会开而反对！爱德华说。

父亲牵着母马和空车进到院子。看到拖拉机，他站住了，两臂叉在胸前。

这是什么？他问道，仿佛从未见过拖拉机。

我买的！爱德华在引擎的轰鸣中叫道。

儿子站着，手肘靠着颤抖的引擎盖，仿佛那是一个女孩的肩膀，他的脚放在小小的前轮上。他穿着赶集的衣服：粉红衬衣，蓝色牛仔裤，军人穿的绒面靴子。

父亲不愿走得更近，这个距离，引擎的轰鸣让什么也听不见。

你买它来做啥？

一千六百三十！爱德华喊着。十二年。

四个月前我才新买了母马。马塞尔似乎不觉得没人能听到他的话。杀马的屠夫把上一个吉吉牵走时，我走进厨房，举起空的马笼头，她戴着干了十五年活的马笼头，我对你说：你知道这表示什么吗？你答道：这表示一台拖拉机！我说：不，这表示吉吉走了！这根本不表示一台拖拉机！

它可以拉二十吨！

马达犹豫着，停下来了。

你说什么？爱德华问。

我说这对我们没用！马塞尔说，解开第二个吉吉的缰绳，把她引进马厩。

晚上，马塞尔变得昏昏欲睡。眼睑垂下他的深灰色眼睛，他的下唇稍稍突出。那时他看上去是他的年龄。

你不领情，妮科尔告诉他。他用他的积蓄买的。

他买是因为他忍不住要买，马塞尔答道，打着呵欠。

她用肘推了推他，不是生气，而是生硬，递给他一份小册子。他给了我这个，给你看。

他仔细翻着，仿佛翻阅是今天最后一件事。他的手背很光滑，像一个面包师的手；手掌有茧，如同翻斗车的木板满是纹路。

　　它们很漂亮，它们怎么会不漂亮？他说。几百年来人类梦想着这样的机器。谁会相信我母亲用独轮手推车在她田里来回运土，接连运了十天？有了拖拉机，只要半个下午。

　　如果我们有了那台机器，八天就把干草运回来了！

解放者

甚至带来更多舒适

它们许诺了一切。看看它们的颜色——黄色，蓝色，红色，亮绿：它们许诺了世界！

他走到门口。虚假的许诺！他大声叫出这几个字。

几分钟后，他走回来，扣着裤子纽扣。

你知道那些机器用来做啥？

它们犁地，它们翻干草，它们撒粪肥，它们挤奶——得看，妮科尔答道。

有一件事它们都做。

他极为严肃地盯着她的眼睛。就所有的经历而言，妮科尔的眼睛很单纯。它们见过疾病，它们见过农场失火，它们见过干活把自己累死的人，它们见过分娩痛苦的女人，但它们从没见过男人凝视地图制订计划。

它们的工作就是消灭我们。

爱德华只不过是攒够钱买了一辆二手的拖拉机，妮科尔说。

马塞尔摘下贝雷帽，脱掉皮夹克，开始解衬衫纽扣。

她直视着他。

你不能老是指望事情一成不变，马塞尔。

这里只有两台机器值得拥有——

妮科尔打断他。

你知道我在想什么？

她把别针取下头发。没了别针，头发垂到她的腰际。

我觉得你对拖拉机大发雷霆是因为你不会开！

我要是想，我可以学！马塞尔答道。

这让她笑了起来。挤了四十年的奶，她两臂的肉很多，在她笑的时候，就像她在跳舞那样晃着。

为啥不可以？他问。

哎呀呀！她在笑的间隙叹着气。我都选了什么彩票？

在 B 地的监狱，马塞尔回答了她的问题：她不明就里嫁了一个强盗。

爱德华买了拖拉机的第二天，马塞尔继续施冬肥。苹果树的嫩芽绽开了，细小的叶子太嫩，几乎没颜色，折起来会皱，如同所有新生儿的皮肤。他觉得身体老化，关节因为冬天而僵硬。每一耙粪肥都得装进车里。装了三次车，每次都跟母马一起出去，她把车拉到上面的田里，比屋子要高一百五十米，他的脊椎很痛，而每耙一次肥，他的肚子下面就有两股向内的绞痛，让他的两个蛋很疼。这天，他对吉吉发出的杂音，有时是他对自己身体的抱怨。

昨天他拉了十二车。他的右肘很疼，还有一点流血，因为大步走在母马旁，他的手臂撞到马轭的套钩。一车肥有四堆，三堆用锄头弄出来，最后一堆倒出来。

他站着，望着下面的农场，山谷，村庄，墓地，远去的道路。站在那里时，他一动不动，让所有部位放松。他很清楚自己要躺在墓地什么地方。从那里望下墓地，他给自己解释着那些机器。

在平原，穷人没选择，只能给富人干活。就穷人自己来说，干活只是为了钱，既没精力也没心思生产得够多来创造财富。这就是很久以前机器到来的地方。机器让单调重复的劳动有生产力，它们创造的财富去到那些拥有机器的人。在平原，我不会有这个疼痛的疝气，因为一台机器可以把粪肥搬到另一台机器上，后者会运肥施肥。

在院里重新装肥时，他不再把背伸直。他可以看到，在上面森林旁边的田里，一堆堆粪肥间隔均匀地排成三条直线。隔了那么远，它们不会大过一串念珠的珠子。七十二遍万福玛丽亚。

平原不会再有农民了。

到了晚上，他运了十三车。

他们有四个孩子。米歇尔，他们的大儿子，两个女儿，玛丽罗丝和丹妮尔，都结婚了。爱德华还住家里，是最小的。从当地学校毕业，爱德华进了Ａ地一所技术学校，拿到汽车修理工的职业证书。当地的汽车修理行没工作，他进了一家工厂。在工厂做了几个月，他跟几个摊贩交上朋友，离开工厂，开始跟他们一起在当地市场做事。很小的时候，爱德华就很懒散。他自己说：我愿意像别人一样努力工作，但我不是傻瓜，我不会白干。

或许，摊贩对爱德华的吸引力，在于他们很得意自己从来不会被人当成傻瓜。

最初，他卖饼干和煮好的甜食，然后卖镜子和画好的盘子。有次他把一个盘子带回家给他母亲。上面画了一头公鹿。他父亲很感兴趣。瞧它，他思忖道，在森林里！这太棒了，没法当盘子用！

拖拉机是另一码事。他父亲拒绝承认它的存在。两个月过去了。

六月的一天，全家人都来帮着打干草，四个成年的孩子自作主张不理老头的反对。

他是傻瓜！丹妮尔说。如果我们有了一辆拖拉机，为什么不用？

马塞尔转过身时，他们把母马拴在一颗苹果树的树荫下，解开车辕，把蓝色的拖拉机挂上干草车。每个人都等着老头反对，叫他们把马牵回来。他们会拒绝。让他们吃惊的是，马塞尔什么也没说。他依旧在车顶装着干草。一开始他站着，最后，干草有三米或更高时，他跪下来。车子周围的斜坡上，女人们在耙草。男人们把干草叉起来给他。他指挥着每一叉的干草放在哪里，他叠着一捆捆干草，他折着四角，他把角在中间固定好。他就像一个天国的床垫工匠那样忙碌，显然忘了或不关心车子怎么拉过田里。

在干草棚，新收干草的热气和味道，已经很像一头动物的呼吸。马塞尔爬上一架梯子，去拿放在楼上的一把叉子。最后一批干草还没归顺。木屋顶下的微弱光线中，草秆慢慢摇晃。有的墙板有洞，曾是木头节疤所在。透过这些窟窿，一束束阳光射了进来，树枝一样狭窄。当一根草秆横过一道光线，阳光霎时照在上面，火星似的点亮了。

在干草堆顶上，他又给自己解释着那些机器。他们一定要我们知道这些机器的存在。从这时起，干活没一台就更难了。没有机器让父亲在儿子面前显得守旧，让丈夫在妻子面前显得吝啬，让这一个邻居在另一个邻居面前显得贫穷。过了一阵没有机器的日子，他们贷款给他买一台拖拉机。一头好奶牛一年可产两千五百升奶。十头奶牛一年产两万五千升。一年下来，所有那些牛奶他拿到的钱，就是一台拖拉机的价钱。这就是为什么他需要贷款。等他买了拖拉机，他们说：现在，为了充分使用拖拉机，你需要跟它匹配的机器，我们可以借钱给你买这些机器，你可以按月还款给我们。没有这些机器，你的拖拉机就不能正确使用！于是他买了一台机器，然后另一台，他的债愈欠愈多。最后他被迫卖掉。这就是他们最初在巴黎（他依次带着鄙视和承认说着首都的名字）计划好的！世界上到处有人挨饿，然而一个干活没拖拉机的农民不配他的国家的农业！

七月，小母牛侯爵夫人骑到马塞尔的背上，仿佛他是母牛，她是公牛。侯爵夫人还没完全长大。她的奶头跟女人手套的手指差不多大小。马塞尔朝前跪到地上。他的左腿疼了一个礼拜，拖了好几次，他决定去A地看看正骨师。

那是赶集天，公车很挤。马塞尔算了算，他有八年没坐公车了。半小时后，他再也叫不出途经的某个农场或小村庄的名字。

正骨师两手沉着握住老头的膝盖。白乎乎的腿根本没肥肉。正骨师转着膝盖，抹了一点油膏。马塞尔付了三千法郎的诊费，加上一罐蜂蜜。正骨师不愿收下蜂蜜。

蜂蜜是我们自己的蜜蜂产的，马塞尔说。

回去的公车下午才有，他于是逛逛集市。摊上的西红柿比妮科尔种的高级。离开水果蔬菜摊，他在挂起来卖的地毯之间闲逛。看到它们，还有它们厚厚一堆的样子，让他口渴。在一家咖啡馆，他喝了两杯冰冻的白葡萄酒。出来时，他看到一圈人，多为女人，望着他看不到的某个人。后排的人踮起脚站着。他听到圈中一个男人的声音，就像收音机开大音量时的声音。马塞尔懒散地看着一个个女人，想着哪一个最让他喜欢。她的臀部很大，穿了一件像是印着牡丹图案的连衣裙，牵着一个小孩子的手。看不见的说话者继续讲着：

女士们，我看上去像个骗子吗？我听到你们哪一个说是吗？哦好吧！我知道女人很多疑。要是我得对付男人，就像你们那样，我也会多疑！

突然，马塞尔听出这个声音。圈子中间的那人是他儿子。他小心翼翼地凑近。他想看，但不想被看到。爱德华光着上身系了一条围裙。他的双肩和背因为打干草晒成褐色。他面前摆了一张小折叠桌，放着一些瓶子和罐子。他拿起一个瓶子，倒出红墨水一样的东西，倒在胸前的白围裙上。红墨水的污渍像后腿挂起来的一条兔子，只是一只前爪比另一只爪子长。马塞尔的腿在抖。他的儿子拿起另一个瓶子，把绿色的液体倒在围裙上，溪水一样地流过兔子。他的声音从没停过。

如果您有孩子把东西洒到自己身上，如果您有一位丈夫——不，夫人，我没结婚——他不换衬衣就开始检查汽车引擎，你们晚上出去时，他让您快点儿，您太紧张，把指甲油洒到您的新衣服上……

用两根手指，爱德华，他的儿子，把银色指甲油横着抹过腹部前围裙上的红色兔子。马塞尔后悔喝了白葡萄酒，因为现在身处人群而且又热，他的两腿不由自主在抖。

我拿一把刷子、水和普通肥皂……

爱德华擦着他的腹部。他的脸汗津津地闪光，说话间歇，他继续张嘴微笑。

肥皂，如你们所见，去不掉这些污渍……

褐色的长臂顶端，他的指甲染成红、绿、银。前排的女人们瞪大眼睛看着他的双肩，而不是看着他在围裙上单调重复的工作。

现在，我要用这个独一无二的清洁剂来擦，它可以去除油脂、墨水、咖啡、酒和肉汁的痕迹——去掉一切，除了干掉的油漆，没有东西可以去除干掉的油漆，它就像原罪……

马塞尔的母亲，爱德华的祖母，在院里的洗衣槽前曾说：水洗掉一切，除了原罪。

我拿清洁剂轻轻擦。上，下……

耶稣！马塞尔高声说。

爱德华像耶稣一样双臂高举，吊在脖子上的围裙成了白色。

我要的不是二十法郎。我甚至不要十五法郎。我会十块卖出去。但是，因为那位衣服上有牡丹的年轻漂亮女士，对，夫人，您让我心软，我卖给您只要八法郎一块。两块十五。三块二十！

随后没几天，马塞尔跟儿子对质了。

那天我看到你在 A 地，父亲说。

我听说你在那儿。

你在卖肥皂。

我现在没做了。那只是临时的。

两人都站在厨房，马塞尔站在地上是木板的一端，爱德华站在水池旁的油地毡上。他俩都看着地上。马塞尔抬起头。

你在抢人。这是很威严的责备。

它可以去掉很多污渍，爱德华笑道。

单调重复的工作！你为什么不做你的本行？

我喜欢户外生活，我觉得。他停了停，然后高声叫道，我肯定是从你那儿得来的！你在工厂一天也待不下去！

父亲挪了挪脚，两脚叉开，仿佛等着对方扑上来。

你在市场做的是在骗人！

不对，那是销售。

那是骗人！

那是销售！

十月，马塞尔和妮科尔收了最后一批土豆。到了十一月，树上的小苹果红了。马塞尔爬到树上把它们摇下来，而奶牛们还在果园吃草。妮科尔在割过的草里等着，苹果落到她铺开的床单上。每晚，马塞尔牵着母马和翻斗车，把另外十袋苹果运回屋子。一共有六十袋：五十袋装满苹果，十袋则是梨。

随着下午变短，马塞尔榨起苹果酒来。整个院子都是苹果的味道。他很多次走过院子，拎着装了苹果汁的桶，把它倒进地窖的木桶里，他的肩上也扛着倒进缸里的一袋袋苹果渣。缸子跟他一样高，直径足有一米五。

一天，距下雪不远，爱德华走进榨酒的外屋。马塞尔舀了一杯苹果汁递给爱德华，后者摇摇头。

我喝了要腹泻。

你可以把榨酒机拆了。

爱德华脱下有腰带的雨衣，挂在钉子上。

你知道吗，你可以把这东西当古董卖了，爱德华说，一台木制榨酒机，上面刻着一八零二年！

橡木。

A 地有个商人愿意花五十万来买。

他拿这个做啥？

他会卖给银行或酒店。

什么？

当装饰。

这世界把土地都忘了。父亲说。

地上还有什么？儿子生气地问。这里的一半人都得移民，因为不够吃的！一半的孩子还没长大就死了！你为什么不承认这些？

生活一直都是拼搏。你觉得还可以是别的吗？

你太穷了！

马塞尔一言不发，松开螺栓，榨酒机的侧面打开了。它们就像紧身裙一圈圈的罗纹。爱德华把一块车轮大小的苹果渣搬出来，搁在窗边一条木凳上，用斧头把苹果渣砍成小块。它跟潮湿的麦麸一样黏稠，有着春天以来果园里发生的一切的味道。

用研磨机磨起来更快。爱德华说。

是更快，但没那么好。

为什么不用研磨机，你有啊？爱德华坚持道。

如果你用手打碎，做出来的烈酒更好。

为什么？

马塞尔耸耸肩膀。烈酒就这性子。我不知道为什么。

爱德华用斧头狠狠砍着剩下的轮子。

我父亲是个疯子，他嘶嘶有声，一个疯子！

等缸子装满，马塞尔把苹果渣盖了起来。第一层盖的是报纸。家里每周定期收到的报纸是当地的，报道的都是本地议会、镇长讲话、死亡、市场价格、婚礼和农业部的通告。在这些新闻的上面，他垫了胡桃树叶。叶子上面他铺了一层土。随着苹果渣每天发酵体积减少，他很小心地把盖子往下压一点点。

缸子让他开心，就像干草棚的干草，或像猪肉做的烟熏香肠，吊在他的双人大床上方的天花板上。这些成绩让他觉得，随着白雪覆盖地上的一切，农场准备好了过冬。冬天来了。

每根松针都被白霜覆盖。狐狸站在那儿，很吃惊，仿佛这个季节他没想过得躲起来。

天哪，他看得出我没带枪！马塞尔嘀咕着。

他没法杀死狐狸，狐狸知道这个。打干草前，就是这只狐狸下来叼走妮科尔的九只鸡，那时草还高得让他可以隐藏。现在他很瘦，他的皮毛褐中泛灰。人和动物都没动。他俩都隐约听到，远处一个农场一只公鸡在叫。

是什么让他那样摇着脑袋？耶稣玛丽！他很狡猾，狡猾，比别的加在一起都要狡猾！

很清楚自己的权利，狐狸不慌不忙走上刺柏丛之间的斜坡，消失在岩石和松树下面。

我站在这儿，马塞尔跟自己解释着，空着手，而我对自己说：明天我要带上苹果渣。是这只狐狸让我下了决定。

他打开封盖，苹果渣最初的气味在冷空气中散发着一种暖意。他把苹果渣铲进口袋，把口袋在翻斗车上摆好。下到村里的路上，他坐在口袋上。到了墓地，他跳下来，因为路往上了。

下雪了，他咒骂着。抬头看天时，他可以看到远处两个电灯泡，吊在机器的铁皮顶上。灯泡亮着。到了那里，酿酒的马蒂厄擦着脸上的汗水，尽管很冷。机器下面是一堆冒着热气的渣滓，胆汁颜色，每当雪落到这一堆的上面，渣滓就没那么黄了。

女主人怎么样？马蒂厄问马塞尔。年轻时她是最漂亮的新娘，后来是最漂亮的母亲，现在是最漂亮的祖母！酿酒的弯腰鞠着躬。

马蒂厄带着酿酒机到处走时，他既健谈又殷勤。这份活的速度，还有从国家那里逃点税，让他很受激励。一年别的时候，他在家具厂做工，沉默寡言，吞吞吐吐。

山毛榉木头，上好牛肉，一个漂亮老婆——谁都会留着！马塞尔说。

他的嗓音在寒冷中很粗哑，他眉毛上的雪花没有融化。跟等在机器旁的五六个人握手时，他仍是带着骄傲微笑着。

机器包括一台锅炉、三个瓶子和一个冷凝器，架在一个旧的底盘上。瓶子用木板隔热。把蒸汽从锅炉引到瓶子再引到冷凝器的铜管，有公牛角那么粗，也像牛角那样弯曲。冷凝器下面是出水管，管子下面是一个铜质小桶，装满烈酒。一滴一滴，这头庞大、颤抖和铜角的公牛，它的产出竟然来自一根管子，不会大过一只小鸟张开的嘴巴，可见它有秘密。它的秘密，是把劳作变成精神。倒进瓶子的是劳作；从鸟喙出来的是想象力。

马蒂厄摆出一副悲惨面孔，挥着两臂，大声叫道：

关掉！

他的一位帮工关掉锅炉，另一个爬上去松开锁住瓶盖的螺帽。滚烫的蒸汽从松开的盖子下面嘶嘶嘶冒出来，立刻变得跟烟雾一样又浊又白。铁皮顶上，一张油布悬到地上，给等着的人挡风避寒。在机器和这张油布之间，白色的蒸汽现在让大家没法看到自己的手臂。

他们来了！其中一人说，看不到说话的人。

天哪是谁？

蒸汽在他们脸上变得潮湿。

稽查官！

白色的雾气中，这个玩笑让他们都笑了，因为稽查官两天前才来查过。

等蒸汽散开，他们看到马蒂厄用榔头把手举起一串闪闪发光的黑香肠。

给我一个盘子！他叫道。

埃米尔，一八九七年出生，拿着一个盘子站了出来，他解开帽子护耳软罩的带子，准备开吃。

香肠，黑樱桃颜色，烈酒中煮过，因为热得暖人心窝，因为咸得令人振奋，因为吃起来有股木头熏味让人舒服，因为是肉让人有力气，因为酒里浸过给人梦想。大家躲在油布和机器之间吃着。吃的时候，他们的衣领碰到他们的脸颊，肉汁流下他们的嘴角，他们愉快地嘟嚷着。

阿门！埃米尔说。

上午过了一半，轮到马塞尔把口袋里的苹果渣倒进瓶子了。他有十二袋，足以把三个瓶子装满两次。公牛机器再度开始转化的工作。

他装满三个细颈大酒瓶的烈酒时，一个老太婆打开旁边一幢房子的窗户，大叫起来，挥着两臂。

那是玛丽，埃米尔嘀咕着，她从不让我待着。

埃米尔不情愿地离开机器，拄着拐杖走过雪地回家。

刚刚进去，他又挥着拐杖出来。

机器旁的人也跟他挥手，笑着，继续听着铜牛的声音。很快，他们又会说阿门。

马蒂厄！马蒂厄！埃米尔叫着。等他走到机器旁，大家才留意到老头想说什么。

稽查官来了！他喘着气说。

你怎么知道？

面包师来过电话。他说他们半小时前开车经过。线路不好。刚刚才打通。

人人看着马塞尔。

我榨了多少升，一百？他问。

恐怕是有！马蒂厄说。

恐怕是有！我的树从没像今年产这么多。三千升苹果酒！这是我记得的最好一年。去年苹果很少，不值得榨。而你说，你觉得恐怕是有！

马塞尔，别装傻！要是还在瓶子里，就没法填表。

这些家伙暴风雪都来，埃米尔咕哝道。

我们啥也不藏起来，马塞尔说。

马蒂厄同情地看着他。

他们前天来过，最年轻的帮工说。

一辆车停在桥上。

这些家伙又回来了！

两个人下了车，穿着城里人的大衣，一尘不染的威灵顿绿靴子，头上戴着有毛线绒球的格子呢贝雷帽。

早上好！

首席稽查官很识相，没伸手出来。年轻的那位伸了伸手，没人握。

先生们，埃米尔低沉地说，他们总是征些什么税？不管什么让穷人快乐他们都征税。盐，烟草，烈酒！穷人没有权利快乐。如果有，富人会很丧气！

首席稽查官故意不理老头。我想你没料到我们这么快回来吧，他对马蒂厄说。

这个地区有三十台酿酒机，如果两个稽查官定期巡视，你可以有一个月的间隔。

是跟紧急阀有关的一个小问题让我们这么快又回来了。

首席稽查官说着，像是在给小孩子解释，然后，脱掉手套，他检查着弯弯曲曲的冷凝器阀门，伸一根手指进去，然后嗅着指尖。

老山羊的屎！埃米尔低声说。

稽查官就像一出邪恶戏剧的演员，邪恶是因为他们做的一切，都是做给不在场的当权者看的。

你放了一些出来，稽查官两臂叉在胸前。

放出来的，马塞尔说，对着细颈大酒瓶点着脑袋，都在那里！

这些是你的？

是我的。

表格呢？

表格是你的。

你填了吗？

我怎么填？我还不知道我的苹果渣会出多少升。

这三个瓶子都是你的？

对，是我的。

它们比法定的二十升要多一点，不是吗？首席稽查官对着不在场的当权者笑着。

马蒂厄假装在研究锅炉的表盘。

今年苹果收成好，年轻的稽查官说，想要和善一些。

首席从口袋里掏出一支笔。

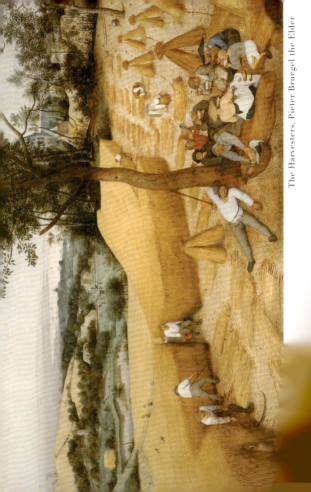

The Harvests, Pieter Bruegel the Elder

你知道这表示什么吗？马塞尔就像对着白雪在问。他的烈酒从鸟喙流进他刚倒空的铜皮桶。

这表示我得付钱，为我自己的产出付钱！

他说得又庄重又缓慢，就像一位神父对着一个敞开的坟墓念着祷文。

马塞尔的苹果渣产了一百六十升的"生命之水"，酒精含量为百分之五十，这表示他得给八十六升付钱，金额是二十万六千四百法郎：一头四岁大的母马一半的价钱。

回去的路上，雪刮进马塞尔和吉吉的眼睛。他后来说，坐在车上时，一切解释都离他而去。他只能看到自己的下一个行动愈来愈近愈来愈明显。

他解开吉吉的缰绳，领她进了马厩。马厩，厨房的大桌子，放了烈酒瓶的高橱柜，地窖的门——因为瓶子是空的，他得去用细颈大酒瓶来灌满——他从那里取出猎枪的卧室衣柜，他坐着换靴子的床，这些木头物件，摸起来很结实，用得又旧又光亮，不被白雪吹拂，他出生前就摆在屋里，用森林的木头做成；透过窗户，森林现在只是落雪后面的一片黑暗，有着他从未感受到的一股力量，让他想起家中所有的死者，曾在同一个农场生活与劳作的人。他给自己倒了一杯烈酒。脚上又有知觉了。他的祖先们跟他同在这个屋子。

正午，他站在路边，这条路通往酿酒者还在干活的小村庄。他换下皮夹克，穿着大衣戴着帽子。他等了半个小时。对于控方来说，这半个小时将会证明他的行动早有预谋。

终于，一辆车从拐角慢慢驶来。站在路中央，马塞尔挥着两臂，猎枪藏在他的大衣下面。车停了。

首席稽查官摇下白雪覆盖的车窗。

怎么回事？他问。

马塞尔露出猎枪的枪管。

今年苹果收成好！他说。

挡风玻璃上的雨刷停住了。只有引擎运转的声音。

给我点火钥匙。谢谢你。现在让你的同事下车，站在前灯旁。叫他关上门。很好。等等，看一下。他和我坐汽车后座。你照我说的地方开。

雪地中这一劫持，首席稽查官在控方盘问时说，就跟遇到雪人一样可怕。

法官问雪人是什么。雪人是喜马拉雅山上的一种类人怪物。

过了几分钟，马塞尔叫稽查官停车。松树被雪压弯了，路的左边是悬崖。

我们从这里走路，他说。给我钥匙。等等，看一下。对，打开司机的门。

他们走了一条下到悬崖的小路。只有马塞尔知道小路通往何方。他的两个俘虏滑倒，丢了手套，在齐腰深的雪中跟跟跄跄。说实话，年轻那位证实，有可能从边上跌下去并未让我很心慌，因为不管怎样我确信我们正被带到处决我们的地方。

崖底曾是一个农场。农场烧掉了，只有马厩大小的木头谷仓还在。

马塞尔给了首席稽查官一把大钥匙，有榔头那么长。

打开下面的门。

门只有他们的胸口那么高。两个稽查官得弯着腰进去。没有窗户。地上铺了石头，木头墙跟门一样厚。谷仓通常修得就像保险库。

你要做什么？首席稽查官问。

现在，他终于没有为了不在场的当权者而说话。他直接对着拿枪坐在门口的那个人说话。

我要关门，从外面把门锁起来！

你不能这样做。我们会冻死的。

马塞尔摇摇头。

我们的衣服湿掉了。

会干的。

没窗户。我们会憋死的。

门口的影子还是摇摇头。

没光亮。

对，没光亮。

会有人来找我们的！

还没有。

我告诉你，如果你把我们撂在这里，我们会冻死的。

我给你们留了一瓶烈酒。马塞尔把瓶子放在地上。

要多久？首席问。

马塞尔没回答，站起来走到雪地里，用钥匙把门锁上。两位稽查官，来自财政部诈骗行为特别调查组，对着屋顶捶着拳头。

走回上面路边的汽车时，马塞尔犹豫着。他想把车推下悬崖。他的靴子在雪里打滑。就他对开车的了解，开出十米不是问题。学会开拖拉机要不了多久，他说得没错。他小心地离开驾驶座。这次他几乎不用推了。车子向前滑，掉下岩坡。撞到一棵松树时，车子翻了，滚了下去。最后，车子侧躺下来，雪开始覆盖它。

他们的汽车还在那儿吗？他有次问妮科尔，她来 B 地的监狱看他。

天黑前，他回到谷仓。都是烈酒味。俘虏说他们在黑暗中踢翻了瓶子。他怀疑他们喝了大部分，然后故意敲碎瓶子，想着用它来割东西或当武器。年轻那位手上有血。

我们用烈酒来消毒，马塞尔说。我们也用它来做蜜饯和香草，这样客人来了我们就有特产招待。

我们的家人可能已经报告了警方，首席稽查官警告说。

我们也用它来给动物止疼，马塞尔继续说。

首席摘下自己的格子呢帽，把帽子当作保暖手筒，来回走着。每一端他只能走短短两步。

绑架两名履行公职的政府官员，首席稽查官说，一边转着圈，是叛国行为。你会被审判。不要搞错了。他们已经出来找我们了！

马塞尔坐在门口，枪横在膝上，审视着他的俘虏。

你没希望逃脱，首席稽查官说。在说出下一个字之前，他对每一个字的强调，表示他醉了。

马塞尔盯着他，很诧异。

突然，首席稽查官不再转圈，跪到地上。

听着，我的朋友，仔细听着我现在要说的话。放了我们。带我们回到车上。我是得报告这件事情，但我们会说实际上是个玩笑。实际上只是一个玩笑。我们会把这当成一个玩笑！我们可以现在就把它当成一个玩笑么？

首席稽查官伸出手来达成协议。

我给你们带了面包、水、两条毯子、火柴和一根蜡烛，马塞尔说。蜡烛不会燃一晚上，你们最好省着用。

首席稽查官站了起来，又在转圈。最后一次，他高叫道，我们提议把这当成一个玩笑！

马塞尔离开他们，把猎枪藏在谷仓上层，免得带回家。结冰了，他的靴子在雪里嘎吱作响，他顺着自己的足迹走，想着接下来做什么。

同一天晚上，他去见了邻居尚·弗朗索瓦。全村现在都知道马塞尔很倒霉，被稽查官记下来了。尚·弗朗索瓦很同情他。发生的都发生了，马塞尔说。还没人知道稽查官失踪。马塞尔很快切入上门的缘由。

我想借六只羊。

天哪，你想用来做啥？

开个实际的玩笑。

对谁？

我不能告诉你。

对我？

不。

尚·弗朗索瓦笑了起来。如果不是对我，那你要用羊来做啥？你是不是要把它们放在不太可能的地方？你绝不会想到羊的某个地方？教堂？老爷！真想得出。你要把他们带去教堂！

我不能告诉你！

你想借多久？

几天。

几天。玩笑开这么久？

是个教训——

教训！我明白了。你要把它们带去学校！你想用来上几堂课。你为什么要六只？一只不够么？

我需要六只。

第二天，马塞尔赶车来取羊。一层淡蓝色的霜覆在一绺绺的灰羊毛上，六只羊把嘴藏在彼此肋腹。转头一看车里，他只看到一只羊不安地抬起头。其他则挤在一起，脑袋低着。

穿过田地去谷仓，他每次得把一只羊扛在双肩。谷仓上面的房间放着瓶装水果、蜂蜜、床单、毛线、结婚礼服、摇篮罩子，下面的房间放着一袋袋面粉和麦子、纯净的黄油、咸肉和装着烈酒的细颈玻璃瓶。谷仓总是建得跟农场隔了一段距离，这样一旦房子失火，基本食物和一些家庭财产可以保全。

马塞尔打开下面的门。一股尿臊味。两人弓着背靠在远端墙壁，双手放在脸上遮挡突然出现的光亮。

你们搬到楼上去，马塞尔告诉他们。

我的同事需要一位医生，年轻的稽查官说。他的胃很疼。

他在楼上会更舒服。把手放到头上，你们两个。出来！让我看看。对，走上左边楼梯。

弯腰走出小门，两个俘虏在楼梯上也没想要伸直背，爬着上了楼。年轻那位推开上面的门，发现自己盯着母羊的一对眼睛。

没地方，他嘀咕道，都是羊。

它们不会伤害你。

这不可能！首席说。

马塞尔骂着，用枪戳了戳他。

弯着腰，两人进去了，羊咩咩叫着。

角落有捆麦秆，马塞尔说。

他的两个俘虏坐在麦秆上。坐下来让他们不那么像动物了。

我们在这里熬不过另一个晚上，首席稽查官很严肃地说。这是你让我们遭受的一种折磨，你明不明白？

所以我带了羊来。我祖母曾说：睡在牲口棚节省木头。她是山那边人，那里没森林，木头很缺。

我们一晚都在发抖，年轻那位说。

今晚羊会暖和你们。

我的同事需要一位医生。他有溃疡，肚子很疼。

有面包和牛奶给你们。

你想拿我们怎么样？

你们愿意听的时候，我会谈话。

谈话？

关于公正。

公正！首席稽查官叫道。羊转过脑袋，用吃惊的眼睛看着他。你要谈公正！你很快就会从公正那里逃跑！

羊不停转圈想出去，却只碰到墙和坐着的两个俘虏的腿。一只羊抬起尾巴撒尿。站在外面楼梯上，马塞尔伸直背，这样从房间里面就再也看不到他的脑袋。两人仿佛已被留下来只跟羊在一起，他们被赶得跟这些动物如此靠近，让他们的隔绝更为强烈。

你说得没错，年长的稽查官说。为什么不谈话？

马塞尔听到这话，但没把脑袋伸回门里。

告诉我，稽查官继续说，你想要我们给多少？你可能会要一个不实际的数目——这样的话我们可以帮帮你。

马塞尔弯着膝盖，再次看着他的俘虏。

如果你要十亿，那太多了。他们不会为了我们给这么多的。你跟我们的家人或部里联系了吗？

马塞尔像没听到这番问话。

我们有权利知道。你要多少？比五千万还多吗？我可以说五千万是你能够指望他们为了我们这样的人给出的最大数目。

绝望，就像雪崩的声音那样不可逆转，突然淹没了马塞尔。

如果我要太多，他的嘴巴几乎闭着在说，你为啥在意？

我俩都是有孩子的已婚男人。我们很担心自己的家人。

马塞尔再次像没听到。

你要多少？首席稽查官坚持问道。你必须明白我们对金钱的价值比你经验更多。

马塞尔两拳插进最近一只羊身上的羊毛，就像对着动物在说。金钱的价值！他叫道。金钱的价值！

另外三只羊抬起脑袋，向着门口哀号的人影咩咩叫了起来。金钱的价值！金钱的价值！他抓着羊毛。

他的拳头慢慢松开了。羊安静下来。他看着两个俘虏，说着。

你很担心，他说。我很遗憾不得不告诉你，担心是要缴税的！痛苦和发抖也是要缴税的。抖一次一千法郎！你说你俩抖了一晚上？你们要是有一个很暖和就好了，那会省掉你们的钱！不过，今晚羊会省掉你们成千上万。不过，昨晚你应该缴税！你给自己的痛苦填表了吗？你提到溃疡，那很疼，愈疼，税就愈高！

他疯了！年轻稽查官抓着首席稽查官的双肩摇了起来。快做点什么，他疯掉了。

首席稽查官掏出钱包，把它扔过羊背扔向农民。

钱包落到最上一级楼梯。马塞尔用靴子踩着它，转着脚，压着，就像踩死一只蝾螈。然后，他一言不发走了。

他没坐车。他走在吉吉旁边。走路是思考的一种形式。过了十分钟，他对马说：

结果失败了，因为你只能报复你的同类。那边那两个属于另一个时代。他们是我们的俘虏，但不可能报复。他们永远不会明白我们在报复什么。

第二天上午，和妮科尔给奶牛挤完奶，他一个人待在牲口棚，跟每天早晨一样，刷洗牲畜，直到它们的后腿跟擦过的胡桃木一样发亮。然后，他给吉吉套上车，回到谷仓。

当他抱起一只羊，让门开着，扛着羊离开时，俘虏没想逃。

你们为啥不走？

你有枪。

我把你们放了。

为什么？首席稽查官怀疑地问。

你也不用知道为什么了。

弓着背穿过小门，两人走到外面，用手挡着雪地反射的阳光。他们的衣服很脏。他们的脸皱巴巴没刮过。他们站在那儿，拿不准接着做什么。

那天下午，警察把马塞尔铐起来时，天很蓝，没有云，蓝天一直延伸到最远的山峦那边。山峰的白雪，看起来如同睡着的婴儿，充满了从前的单纯。

他被控以反抗国家官员、持械抢劫和蓄意破坏公共财产。他被预防性拘留了两个月，审判时，判了他两年监禁。

在 B 地的监狱，他看着自己的手，懒散而沉重地放在腿上。从我这里夺走的，他说，是劳作的习惯。我再也不能装满十三车，带着吉吉去上面的田里了。

干草

她发中的鲜花

清晨还湿漉漉

十点却已干枯

她的围裙

紧紧贴着石头

像口袋里按住的手

明天

当她的衣裳滑落

镰刀将气喘吁吁

她会躺在这个山坡

两手放在它的肩膀

两脚靠着下方道路

成列聚拢

她的公鸡们

会像月光下的情侣那样蜷卧

第二天的太阳里

她将用两手走路

让自己火焰一般干燥

有女人梳理

有男人抬起

她将坐在车上

一根木棒穿过轮辐

把前面的车轮锁住

我将把她抬到车下

当我把她放进屋里

仿佛第二个妻子

汗水将模糊我的双眼

露西·卡布罗尔的三生

　　柯卡迪尔生在一九〇〇年的九月。白云如烟，飘过牲口棚敞开的门。马里于斯·卡布罗尔在挤奶。他的妻子梅拉妮，躺在牲口棚墙那边的床上，她姐姐和一个邻居在照料她。他们的第一个孩子是男孩，起名埃米尔。父亲马里于斯希望第二个也是儿子。他要跟着他的祖父名叫亨利。

　　卡布罗尔的农场在布莱恩村上头的山坡上。房子南边地势平缓，有李子树和一棵槭梓树。房子旁边是条小溪，祖父亨利引来驱动锯子。若是一根原木从那上头滚下，要到教堂那里它才停下来。我喜欢想着我从高处滚下的原木！如果原木不直，它像一头动物那样跳跃。你从上面看它，它像动物那样飞奔。山坡渐渐平坦，它慢下来。你预料它躺下来不动，它又跳起来。平地杀死一根翻滚的原木要很长时间。

床上，梅拉妮抓着床头板。水已在厨房的火炉上烧开。婴孩很快生下来了。想着她的出生，我浮想联翩，看到她在捉鱼。她十四岁，我大三岁。她往上游走，看着两岸。她用一根棍子捅着石头下面时，两条黑影溜到河对岸。从那时起，她的目光再没转移。她把裙子塞进腰带，根本没往下看，涉水而过。她站在那儿全然不动。水流过她的大腿，就像流过两块静止的小石头那样发出同样的声音。其中一条鳟鱼游出悬空的河岸，冲到一块鹅卵石下。是不是因为个子太小她才这么敏捷？或者，是不是因为看不到预兆，她可以察觉别人察觉不到的迹象？在鹅卵石下摸着，她把鱼困在那儿，小手把石头使劲往上推。鱼像条长舌头一样在那里动弹不得。而且，就像一条舌头，它想缩回去，缩回河水的喉咙里。它想冲出喉咙。它想侧翻。慢慢地，手掌绝不松开，她把一根小指伸进舌头和石头之间，再有两根手指伸进舌头和手掌之间。这些都用一只手。他不动的那一瞬间，她用三根手指把他夹出水，两根指头背对着他。

是个女孩！邻居叫道。

梅拉妮温柔而吃惊地看着倒转握住的细小身体，有着胡萝卜的颜色。

把她给我。

婴孩皱起的脸上，前额有块暗红色的斑。

耶稣！饶恕我！梅拉妮叫道。她带着渴望的斑痕。

女人怀孕的时候，她有时渴望吃点、喝点或摸摸特别的东西。就某种天意而言，母亲有权得到她想要的。然而时常这不可能，那她就得小心。因为，若是她的某一渴望被拒，下次触摸自己的身体时，这一触摸可能印在子宫里胎儿身上的同一位置。所以，她的某一渴望不得满足时，她最好故意摸摸自己的脚或臀部：否则，不假思索，她可能摸到自己的脸颊或耳朵，这就会给孩子印上破相的斑痕。

耶稣！梅拉妮又叫道。我给她的脸留下了渴望的斑痕。

梅拉妮，冷静点。那不是渴望的斑痕。我经常见到。那是她出来时她的脸擦着的地方，她姐姐说。

邻居接过婴孩，摁着她的头顶，这样让它尽可能圆。

是我想吃淡水鱼的时候！梅拉妮坚持说。

她姐姐的话没错，过了几天，红斑消失了，只是过了很久，梅拉妮才问自己，她女儿究竟是不是带着另一种渴望的斑痕。就小孩子来说，她有两件事情不同寻常。她一直很小个儿。一旦能爬，然后能走，她习惯不见了。

你失去她就跟丢掉一枚纽扣那么容易，梅拉妮说。

我想着露西——这就是她的名字——还是摇篮里的婴孩时。婴孩和小动物的区别在哪里？动物顺着自己的路直走。婴孩摇摆不定，先是晃到一边，然后另一边。她要么满脸咯咯笑，要么皱起一张脸哭喊。

六岁时，露西不见了一整天。我要是现在出门，走几步到山坡上奶牛吃草的地方，我能看到她走过的小路。

它通往月亮升起的天际。八月，奶牛在那儿吃草时，它们的剪影就像对着一盏圆圆的大灯笼。小路从那儿顺着山峰通往一个山口，那里有些土拨鼠，穿过一堆房子大小的冰碛，沿着一个悬崖的边缘，最后去到下面的森林。

晚上，露西帽子里装满蘑菇回来了。然而那时，布莱恩村的马里于斯已经集合大家去找了。我还记得男人们给灯加着煤油。

家里没事可做的时候，露西就去上学。村里的老师叫作马松。他曾给大家念《伏尔泰传》，神父在教堂讲道反对这本书。《伏尔泰传》有一个地方让我印象很深。闹饥荒时，他把一袋袋粮食分给费内的农民。另一方面，《伏尔泰传》属于那样一类书，我们知道它有，但它涉及的生活方式我们无法想象。一天的什么时辰人会读书？我们问自己。

马松死在凡尔登。他的名字上了战争纪念碑。每天早上，第一堂课开始前，他在黑板上写下年月日和星期几。战争纪念碑上只有他的死亡年月：一九一六年三月。每天早上写过日期，他在黑板上写一句格言，我们这些孩子抄在课本上：

辱骂应写在沙地上

赞美需刻上大理石

是在学校最后一年，露西得了柯卡迪尔这个绰号。柯卡迪尔，意为粪堆里孵出公鸡蛋。一旦出了蛋壳，它就去到最不可能的地方。要是它被它没看到的某人看到，它就死掉。否则，它可保护自己，任意杀戮，除了鼬鼠。它用来杀戮的毒素，来自它的眼睛，顺着它的目光移动。

露西生下来不久，梅拉妮有了另一个儿子，起名亨利。到他两岁时，他比姐姐块头大，而她那时可以坐在马背上、给火炉拾柴和喂鸡。她的袖珍可能是惹来忌妒的原因。小个儿的孩子通常依照个头赋予权利。不管什么原因，亨利恨他姐姐。四十年后，是他告诉镇长：这个姐姐除了羞耻什么也没给我们家带来。

一天，梅拉妮发现她的鸡死了三只。杀手不是狐狸也不是鼬鼠，因为鸡没被碰过。

露西杀了它们！亨利叫道，她看着它们，它们就死了。

我从没碰过它们！

她是柯卡迪尔！

我不是！我不是！

柯卡迪尔！柯卡迪尔！亨利叫道。

别吵啦，母亲抱怨道。

那一次这绰号没叫起来。下一次却叫起来了。

那是复活节和圣灵降临节之间。后来，在阿根廷时，我曾自言自语，除非在这山里再过一个五月，否则我不能死。草地上，道路中央的车辙之间，草长得及膝。如果你跟一个朋友一起，你俩在路上隔着草走。森林中，新生山毛榉的叶子长出来了，那是世上最绿的叶子。奶牛第一次走出牲口棚。它们跳着，踢着后腿，转着圈，山羊一般蹦着。这一个月就像归家。

她哥哥埃米尔秋天去了巴黎打工，在新开的莎玛丽丹百货公司当司炉供中央暖气。梅拉妮不会读寄来的明信片，于是给了露西。

埃米尔要回家了！

什么时候？

星期天。

星期五，马里于斯挑了他养的最大的一只黑兔子，抓着它的耳朵，他摸了摸皮毛下的肉。

对，你这大骗子，埃米尔要回家了！

他又摸了摸它，然后一拳把它打晕。手法巧妙，他挖出两只眼睛；他把兔子后腿吊起来放血时，它们的睫毛在流血的两个窟窿周围丝毫未损。星期天早晨，梅拉妮剥了皮，用苹果酒煮了兔子。

埃米尔给露西的礼物是涂成银色的埃菲尔铁塔模型。

你看到它了吗？她激动地问。

你在哪儿都能看到。它有三百米高。

饭吃完时，梅拉妮用双手把桌上每个盘子旁整整齐齐的一堆堆骨头收了起来。兔子的骨头很干净，看上去就像用不长肉的牛角或象牙做的。她很开心。她回到家里的儿子已在他的房间睡着了。

每晚，亨利和露西把牛奶送到下面的牛奶坊。露西的个头从不影响她的气力。她跟山羊一般强壮。如同亨利，她背了二十升牛奶，罐子像上学的书包那样用带子系着。那天晚上，睡醒之后，埃米尔说他要跟他们一起去。

把牛奶给我，露西。

她拒绝了。她的脑袋才到埃米尔的腰。

你能在巴黎给我找份工么？她问。

你可以在面包店打工。

你住在你打工的地方么？

我坐地铁。地铁是火车，在地下跑的一种电动火车……

火车早上什么时候开？亨利问。

很早，但巴黎人起不来。所以他们老是匆匆忙忙。你应该看看他们在隧道里跑着赶火车的样子。

火车不停吗？柯卡迪尔问。

下到村里的小路顺着一条小溪，快到下面的地方有一株丁香树。丁香开花时，三十米外你就能嗅到。

再给我说说巴黎。

人们睡在街上，埃米尔说。

为什么？

如果他们要住处，巴黎人永远不会让他们来。

他们为啥不搭棚子？

没木头搭。

没树？

不准搭。

你知道勒维爷爷做了啥？露西问。镇长告诉他不能砍金合欢树。他砍了。砍了之后，他说那棵树的叶子用来擦屁股太小了！要是那么小，他说，那就不可能是金合欢树。

勒维爷爷可能觉得他很聪明，但在巴黎他就没辙了，埃米尔说。你知道那里有多少匹马？

五万！亨利猜道。

两百万，埃米尔骄傲地说。

下次你带我去吗？露西问。

他们会把你关起来的！亨利说。

等他们到了牛奶坊，做奶酪的人挺直腰，伸出一只手，叫道：

这么说埃米从巴黎回来了！

过夏天。

你现在多大？

十六岁，埃米尔答道。

正当年！

做奶酪的老婆常跟人通奸，使着眼色。

亨利和露西解开罐子的带子。牛奶坊中央，一口大锅悬在木架上。牛奶坊的位置很好，因为即使夏天也很凉快。做奶酪的老婆抱怨她丈夫的脚老是冰凉。

你爬到顶上了吗？露西问埃米尔。

什么顶上？

埃菲尔铁塔的顶上！

你坐电梯上去，埃米尔说。

电梯？

对，电梯。

电梯是啥？她问。

柯卡迪尔啥也不知道，亨利大声说，笑着。适合她的地方是她的粪堆。

没人看她。她打开牛奶罐的盖子。她拎起罐子，就像你从桶里泼水那样，把几升牛奶泼在亨利脸上。牛奶滴下他的头发时，她尖声叫道：

如果你不是一只鼬鼠，我会杀了你！

做奶酪的人骂着想打她，但她躲开了，围着大锅跑，消失在门外。

这件事很快传到布莱恩村的马里于斯耳朵里。他发现女儿在洗衣槽那里，他开始揍她，叫道：

牛奶不是水！牛奶不是水！

打了几下他停住了。她用明亮的蓝眼睛盯着他。她的眼睛有着勿忘我的颜色。她的目光迫使他把她搂到怀里，把她的脸贴着他的肚子。

啊！我的柯卡迪尔。你是那样来的，不是吗？你没法子。你就是那样来的。

她的小脚踩上他的靴子，他在脚上带着她走过院子，重复着，笑着：柯卡迪尔！柯卡迪尔！

于是，柯卡迪尔这个名字，因为又恨又爱而生，代替了露西这个名字。她十三岁时，一个马戏班来了村里，在广场上搭起帐篷。马戏班是一家人，有一只可以站在最小的挤奶凳上的山羊，还有两匹小马。父亲是领班，母亲是杂技艺人，他们的儿子是小丑。下午，儿子在村里的咖啡馆走了一圈，吹着小号宣布晚上的演出。男人们对着小号微笑，但没请他喝一杯，免得他拿他们取笑。

马戏班还有一头大象。大象是一块灰布，上面缝了一根象鼻。领班转向孩子们坐的长凳需要志愿者时，我冲了出来。我是大象的前半身，死于雪崩的若塞是后半身。我们一起跟着小丑拉的手风琴跳舞。

现在是母大象！领班叫道，举起第二块灰布。请两个漂亮的女孩子上来！第二块布画了一条珍珠项链，耳朵的巨褶悬着一对涂成金色的耳环。耳环是马嚼子做的。

女孩子都很害羞。没人举手。我揭开大象脑袋的布，对着女孩子们喊道：

柯卡迪尔！柯卡迪尔！柯卡迪尔！

她上来了！帐篷里的人都对着要做大象一部分的那个小矮子鼓掌大笑。

我听到班主跟他儿子嘀咕：

她是个侏儒。看看她有多大。

那一会儿，柯卡迪尔独自站在那里，两眼发光。最后，另一个女孩子爬过长凳加入进来。在柯卡迪尔身旁，那个女孩子看起来像巨人。小丑开始奏乐——这次是小提琴。柯卡迪尔能够应付的只是做大象的后半身，不是向前弯腰，她直着身子，使劲拽着灰布，免得它在动物后半身的中央陷下去。我们就在那儿，两头大象，一公一母，小提琴在演奏。

我们的课本有大象图片，因为，从汉尼拔到拿破仑，外国的将军们想到用大象来翻山越岭。我们四个在马戏场的中央跳舞，每次停下来，班主就用鞭子抽我们，而观众叫道：再来！再来！有时我瞄到柯卡迪尔的光脚——她踢掉了她的木屐——在灰色的母大象后部一颠一颠跳着。

最后他们让我们停了。小丑儿子跟柯卡迪尔嘀咕了些什么，然后朝他父亲摇摇脑袋，后者耸耸肩膀。

下次在学校见到她，我问她觉得马戏班怎样。她没提到大象舞。她喜欢的，她说，是踩高跷的小丑。我能给她做一对么？我说可以。

我从来没做。五十多年后，她对我说——那时她的眼睛是石头的颜色——要是有一对高跷，我可以十步跨越山谷。这是她一个礼拜走一百公里的时候。十步！她重复道。

布莱恩村的卡布罗尔农场位于朝南的山坡。在对面的北坡，是个名叫拉普拉的小村庄。有一首歌是关于每个小村庄的公鸡的。拉普拉较少太阳，那里的公鸡唱道：

我能唱就唱。

布莱恩的公鸡唱道：

我想唱就唱！

北坡的公鸡答道：

那心满意足了！

是在面对拉普拉的山坡上，一九一四年八月，卡布罗尔一家割着自家地里的燕麦时，他们听到下面山谷的教堂敲钟。

战争爆发了，马里于斯说。

世间的屠杀开始了，梅拉妮说。

女人通常比男人更明白灾难的程度。镇长派发征召令。大多数被征召者情绪高昂。村里的咖啡馆再也没像被征召的男人出发前夜那样客满过。马里于斯比大多数人年长——他三十八岁——忧心忡忡。他没去咖啡馆，晚上在家，吩咐埃米尔下雪之前得做什么，那时他就回来了，战争就结束了。

男人们沿着顺流下到平原的公路走出村子时，乐队演奏着。乐队比平时小，因为一半成员都是离开的士兵。去年秋天我加入了乐队，我是最小的鼓手。

马里于斯没在下雪之前回来，新年之前没有，春天之前也没有。无休无止的战争岁月开始了。季节变换，一年年过去，除了那些什么也不记得的最小的孩子，我们的生活暂时中止了。一九一六年初，埃米尔和我也被征召。除了小孩子和老人，没人留下。听不到成年男性的声音。马习惯了听女人使唤。

梅拉妮、柯卡迪尔和亨利打理农场。要做的事情太多，弟弟没工夫跟姐姐公开争吵。如果亨利让柯卡迪尔生气，那天剩下的时间她会消失，而他明白他们不能没了她的哪怕几个小时的劳力。

尽管个子小，她却不知疲倦。她就像小小的蜂鸟，迁徙时节一到，可以飞上一千英里越过墨西哥湾。她不是家里的第二个女人，更像一个雇工——一个男人。一个难以相处和不可预测的侏儒男。她赶母马，她拾柴火，亨利犁田时她牵着马，她喂奶牛，她挖菜园，她酿苹果酒，她做蜜饯，她修补马具。她从不洗衣服也不缝衣服。头上一个稻草堆，她可以背八十公斤干草。你要是从后面看她，看起来就像魔术：一顶亚麻帐篷，装满干草，完全遮住她，所以就像是在用最低的一角独自往山坡下移动。一起坐在厨房时，梅拉妮和亨利都有些怕她。他们永远不知道自己说的话她会怎样反应。

一九一八年初，布莱恩村的家里收到一封电报，通知他们埃米尔在贡比涅附近受了重伤。每晚，柯卡迪尔请求木桶里泛着泡沫的牛奶，让她哥哥埃米尔活着。

他活了下来，住了几个月医院回到家里。等马里于斯最后也回来时，梅拉妮发觉她的儿子现在看起来比他父亲还老。村里没人说到胜利，他们只说战争结束了。

复员一年后，马里于斯告诉埃米尔，梅拉妮要生另一个孩子了。

她这年纪！埃米尔说。

马里于斯点点头：这是我们的最后一个。

必须这样！

儿子的表情愈是震惊，父亲就愈多微笑。

战争期间我一直给自己这样许诺。

母亲呢？

我活下来了。

所以我们将是四个，埃米尔得出结论。

他是说家产将会分为四份。

对，如果你算上柯卡迪尔。

你告诉柯卡迪尔了？

还没有。

我不知道她听了会怎样。

让母亲告诉她。

那会改变柯卡迪尔的。

什么意思？

那会改变她。我和柯卡迪尔，我们本来会结婚，有自己的孩子。但谁会娶柯卡迪尔？而我病得结不了婚。本应轮到我们，你反而有了另一个孩子。

这就叫老头的最后一宗罪！马里于斯，不管怎么忏悔，还是禁不住微笑。

一九一九年十二月，梅拉妮的最后一个孩子出生了，起名埃德蒙。我在军队多待了一年学机修。一九二〇年初，我回到村里。

第二年六月，四个男人走上陡峭小路去高山牧场。他们很年轻，爬得很快。他们带了一架手风琴，八条面包，一袋喂牲口的粗盐。他们做了一天活，天开始黑了。

在小路两旁长了很多孜然的某处，领队的那人停下来，四人都望着山下的村子，在下面七百米处。

你可以看到安德烈的绵羊，霍伯说。

他们也可以看到村里出来的路，沿着河直到平原。

他很迟钝，这个安德烈。

奥诺里娜死了之后他就迟钝了。

他应该再娶。

谁?

菲洛梅纳!

他们笑着，望着下面的村子，带着年轻人的自信：这一自信来自这一确定，因为年轻人看得很清楚，他们会避免年长者的错误。

菲洛梅纳把比安德烈还要壮的男人都赶出家了!

让他们发狂!

等他们到了山顶，牧场都是恰好飞在草尖的小鸟。这些鸟飞得如一条针脚，它们像蝴蝶那样飞快拍打两翅，以此升高；然后它们滑翔，高度降低，直到它们再度拍打翅膀，开始另一条针脚。飞的时候，它们叽叽喳喳，发出响板一样的声音。

这些鸟，飞在他们两手的高度，让男人们想起他们来看的女孩子的眼睛和名字。很快鸟就会停止飞翔，夜幕降临。

偶尔，一位来访的主教在布道时会讲，把年轻女人独自留在高山牧场是不道德的。我们的神父明白别无选择。没出嫁的女儿，能够照料奶牛和做奶酪，有一双很容易免于山下劳作的双手。年老的女人仍然讲着她们在高山牧场的夏天。

那晚上来之前，四个年轻人打算唱歌。有个地方三面都是岩石，回音很像教堂的唱诗班。他们要在那儿唱歌，向他们想象中选定的那个年轻女子宣布他们的到来。然而，为了让他们的唱歌是个惊喜，他们得绕开多数牧人小屋，偷偷来到岩石的马蹄形凹处。这一绕道只需经过一处小屋，它不重要，因为那是柯卡迪尔的。

四人走近时，柯卡迪尔走到门口。让她的细小显得突出的是，虽然穿的是女人衣服，她既没屁股也没胸脯。她有着理想仆人的身材，纤小但灵活，没有年龄和性别。那个夏天她二十岁。

你们有一架手风琴，她说。

对，我们有。

我可以跳舞，她答道。

穿着那双木屐你跳不了！

她踢掉木屐，就像她在大象后部跳舞那样踢掉。她的脚有黑黑的泥土。不等音乐，她抬起双膝，使劲踩上牲口棚门口周围的泥地，因为奶牛来来回回，那里的草已经踩光了。就么一跳，她逼着霍伯拉了几个音符。

停！我叫道。音乐会让其他人知道我们在这儿。

手风琴的音乐停下来了。柯卡迪尔盯着我，一眼不眨，脚又穿上木屐。她的眼神让人不安的是，它很固定。仿佛她的脑袋和脖子突然瘫痪了。

我们必须赶路。

你们哪个帮我搬一下桶？她问。霍伯站了出来。

不是你，她说，最好是刚刚当过兵回来的。

我耸耸肩膀，让我的三个同伴等着。

让他们走，她说。

哄笑着，做着手势，他们走了。

告诉娜恩我来看她！我在他们背后叫道。

桶里装着灯油。搬完之后，柯卡迪尔让我喝咖啡。一开始我几乎看不清小屋里面。我站在那儿，手捧杯子，她问也不问就把烈酒倒进杯子。把烈酒倒进我的杯子，她得把手臂举得高过她的肩膀。

你小得可以扫烟囱，我说，不知说啥好。

我是个女人，她答道，我会把屎拉进他们的烟囱的。

在几乎看不到她的昏暗光线下，她的声音听来像个女人。

今年秋天你要去巴黎打工么？她问。

对。

我给你捉一只土拨鼠带着。

怎么捉？

那是我的秘密。

它们睡觉时你把它们挖出来？

你去爬埃菲尔铁塔吗？她问，没理我的话。

其他人会等着，我说。谢谢你的咖啡。

他们在唱歌，她告诉我。你听不到？

听不到。

她打开门。他们在唱"我父亲有五百只羊"。

我给你拿点黄油，她说。

我们不需要。

家里的黄油多得很，可以不要？她离开我，穿过门进了牲口棚。现在月亮出来了，几许月光射进灰扑扑的窗户；窗户如一册摊开的书大小，月光照到木烟囱上。冷灰周围一滩月光。

柯卡迪尔回来时，我抽了口气。她脱了衬衣和内衣。我看得到她的乳房，每一个刚好大过一只木勺的勺碗。她走过来站在我面前，我看到乳房的黑色乳头滴着牛奶。

直到第二天早上，我才想到，走进牲口棚时，她肯定把奶牛的牛奶泼在自己乳房上。那时，除了她缠着我的温暖纤细的两臂，我啥也没想。

我们过去躺在床上，房间远端的一副木架。躺在床上爱抚她时，我感觉她变大了。她变得跟我不得不扑上去的土地一样大。

你看你撩得我！她叫道，你撩了我的牛奶！

我仅有的另一次跟女人上床，是在有驻军的 L 镇一家妓院，那里的灯光是粉红色的，妓女跟一头猪那样又白又胖。我后来问自己，是不是因为这个，柯卡迪尔才要当过兵的？

凌晨两点，她穿好衣服，提醒我别忘了黄油。我离开时，她伸手过来扯着我后脑勺的头发，她的指甲戳着我的头皮。我记得下山的路。

突然，一片云遮住月亮，我什么也看不见了。灌木丛中一阵响声让我停住。灌木丛到处都被踩踏。那夜第三次或第四次，我的心狂跳不已，但这一次，不同于那几次，我的全身感觉冰冷。我拔腿而逃。我不间断地跑了十分钟，像在逃离地狱。

后来，想着柯卡迪尔肯定是把牛奶泼到她的乳房上时，我也想到，回家路上，我惊醒了几只睡觉的山羊。

是什么让我第二天晚上又回去？为什么我故意一个人上山，避开我的同伴？她并不吃惊我来。

这么说你吃完了黄油！她说。

你能再给我些么？

可以，尚。她用低沉的嗓音严肃地说着我的名字，仿佛是她自己发明了这个名字。没人那样说过我的名字。这让我不安，因为这把我跟其他名叫尚、泰奥菲勒或弗朗索瓦的人分别开来了。

她煮了些咖啡。我问她都做些什么，她一一讲述着。

关于我她什么也不问，但有时她看着我，像是确定她说的名字我有反应。我们坐在桌子两旁，黑暗中对着彼此。现在外面跟屋里一样黑。别的小屋窗内会有灯光。我知道她为什么不点灯：任何访客都会断定她睡着了。当一头奶牛在牲口棚动着脑袋时，屋里都是铃声，就像提醒我们要做的事情。现在我们都没说话。我甚至能听到奶牛的呼吸。我想着现在就走。然而已经太晚了。外面的一切都很遥远，像是船尾看到的海岸线。

她在床边放了一支蜡烛。不发一言，她点燃它。毯子是白的，有阳光的味道。早晨，奶牛吃过草以后，她肯定把毯子上的血迹洗掉了。我躺在那儿，看她脱衣服。她把衣服扔到桌上，大步跨上床。

撩我！她站在我上面说。

我开始对她叫喊。我用下流话骂她。我用我们称呼动物部位的话说到她的身体部位。她所做的就是微笑，然后，蹲下来，她坐我身上，就像我是一匹马。我想让她下去，她抓着我的肩膀大笑。她的笑声让我笑起来。我的叫喊停住了。我发出马嘶一样的声音。我嘶鸣着，她抓紧我耳朵上的头发，仿佛那是马鬃。后来我问自己，她是怎么让我做这样的事的。

我们在木板床上嬉戏做爱，仿佛我们拥有整个村子的力气。也许这是一个老头的自夸。我一只胳膊就可把她抱起，然而每次我想站到地上，她都把我拉回去。很难相信她是我常常经过的同一个女人，在战争的头几个年份，一个人在地里干活，咒骂着，而且已经带着一种疲劳弯着腰。我用自己的身体逐一量着她的四肢和身体其他部分，让她大笑。而今，我在厨房门框刻了一个标记，让自己记起她的真正身高，在她像我们所有人一样老得萎缩之前。我刻的是一米二五。其余的没法测量了。

最后我们精疲力竭，我起身去吸点新鲜空气。卡布罗尔小屋后面的山坡，地上有条犁沟一样的褶痕，一条细流淌下。流水让那里长了很多花，褶痕两边是无数花毛茛，奶牛不吃的五瓣白色小花。我在花丛中坐下，柯卡迪尔戴着一顶男人的帽子，出来跟我一起。别的小屋静悄悄。蟋蟀早就没叫了。下面是村里的屋顶，骰子一般大小。

她躺到草和花毛茛丛中，望着天空，星星跟花一样形状。躺在地上，她开始说话。她说到自己，说到她的哥哥埃米尔，说到有一天她要继承的土地，说到奶牛，说到她对神父的看法，说到她为啥永不嫁人。一开始，我听着她说的，没有太多留意。然后我慢慢想到，她说这些是因为结果可能相反。我确信她一边打算，一边讲着事情的反面。她永不嫁人不是真话。她打算让我做她丈夫。她相信自己现在怀孕了，所以我会被迫娶她。

露西！当我们坐在那一片野草天堂里时，我打断她。我不知道为什么叫了她的真名。

嗯？

我不会再上来了。

我没指望你来，尚。

她的回答证实了我的最坏猜疑。这表示我已经被套住了。

这是黄油，她说，她这么盯着我的样子让我害怕，让我觉得孤单，就像我初来时她很奇怪地叫我的名字时那样。

第二天夜里，跟我兄弟睡在床上，我梦到她。柯卡迪尔来到屋里，勇敢无畏，眼睛发光。只有一个男人能做我孩子的父亲，她在我的梦里说，尚就是这个男人！是真的吗？我父亲问，转过脸对着我。我回答不了。跟柯卡迪尔！他叫道。不，我不相信，他吼着。我可以证明，她说。

那证明吧！我父亲下令。我数过他后腰的痣，柯卡迪尔说。有多少？我母亲问。柯卡迪尔说了一个数字，我被迫当着他们三个脱下裤子，而我父亲数着痣。你毁了你的一生，我父亲说。毁得徒然！数字是对的。我流着汗吓醒了。

那个夏天，我很多次想在夜里爬上高山牧场，看看她是否怀孕了。每次我都告诉自己最好别去。所以我担心地待在山下。最后，八月末，我在教堂外一个婚礼看到她，让我大为宽心的是，她怎么也没把我单独找出来。

等我在巴黎过了两个冬天，布莱恩村的马里于斯生病了。那是七月，我回到村里。梅拉妮坐在丈夫床边，尽她所能给他勇气，柯卡迪尔爬上高山牧场取来冰块敷在他发热的肚子上。靠近我们四人想要唱歌的岩石马蹄形凹处，有个阳光从未照射的山洞。她把碎冰装满一个罐子，用一条披巾盖着，一路跑回布莱恩村。这是第一天夜里我逃离山羊时跑下来的同一条路。等她到家，一半以上的冰化了，只剩圆圆的几片敷在他绞痛的肚子上。她这样去了三次山洞，第三次回来时，下午过了一半，马里于斯死了。

我去跟他告别。他穿着黑套装和靴子躺着。卡布罗尔一家在床脚守灵。柯卡迪尔跟她母亲一样穿着寡妇的衣裳，她的脸斜着看不见。我用黄杨树枝在他停止的心脏和双眼紧闭的脑袋上方画了十字。埃德蒙，他的小儿子，只有三岁。

吃的喝的摆出来给客人了。柯卡迪尔走出死者房间，给了我几个苹果饼。我吃着，她抬头看我。在她憔悴和满是泪痕的脸上，裹着黑纱，她的蓝眼睛比我记得的还要专注。四月，草里长出第一簇勿忘我，就像天上落下的雪花。连根挖起，放进屋里，它们带来好天气。她的眼睛就是同样的蓝色。

这么说你又要离开我们了？她说。

对。不只是巴黎，我要去南美。

死之前回来吧，她嗓音低沉地说。

她这么说让我很生气。我再次表示哀悼，然后走了。她父亲死后，柯卡迪尔继续在农场干活。

一九三六年，埃米尔最终因为战争受的伤死去了。两年后，梅拉妮跟随丈夫和长子进了坟墓。亨利娶了玛丽，邻村一个女人。柯卡迪尔挤牛奶，照料牲口棚，种蔬菜，拾柴火，放牧。玛丽，她的弟妹，对她有怨言：

她跟鸡舍一样脏。她从来不做厨房的活儿。这是什么样的女人？

一年一年过去。二战爆发了。

一天早上，柯卡迪尔在苹果树之间用镰刀割草，她从不让任何人碰她这把镰刀。天长日久，它的刀片因为打磨，已经磨损得跟拇指甲那么宽窄。你要是给我钱，我也绝不会买到另一把跟这一样的，她说。只有二十个夏天的活儿可以把镰刀变得像这一把那么轻巧。二十个夏天，我像疼爱儿子一样疼爱这把镰刀。她现在因为说话独特而出名。

空气仍然比草下面的泥土凉爽。果园上方远处，森林还没完全照到阳光。望着上方，柯卡迪尔看到两个男人在树林边缘向她示意。她的兄弟察觉她干活停住了，顺着她的目光望去。森林边的两个陌生人肯定觉得，他们看到的是干草田里一个孩子和两个农民指着他们。这是一九四四年。

妈的！亨利说。

他们是游击队，埃德蒙说，他现在跟男人一样个头了，露出会意的神情。

还能是谁？亨利咕哝道。

耶稣！别让其他人看到他们。

柯卡迪尔假装什么也没看到。从来都是埃德蒙说话，亨利等着，然后是亨利因为自己的狡猾而得意。

玛丽可以给他们吃的，然后他们就可以走了，过了好一会儿亨利说。

两个陌生人之一走下山坡。走了一半，他从山的阴影中现身，走进清晨的阳光。他矮小结实，走得像个农民。

两兄弟站得纹丝不动，免得任何动作被陌生人理解成欢迎。走到几米开外，陌生人说，早上好。

在田里，故意沉默是一种有力的武器。亨利什么也没说，脑袋缩回肩膀，就像一条狗守着门口。埃德蒙两手放在臀部站着，很无礼地盯着。

我们两个需要二十四小时的住处，陌生人说，让沉默持续得够长，表示他明白这个。

谁让你到我们农场的？

没人。我们知道谁家不能去。

天哪！亨利嘀咕道。他拿出磨刀石，磨起镰刀。金属磨在石头上的声音，就像之前的沉默，是要进一步表明拒绝回答。

陌生人走向还在苹果树之间割草的小个子。

早上好，小姑娘，他对柯卡迪尔说。

她转过来对着他，他发现她是个中年女人，满脸皱纹，老得足以当他母亲。

我没看到……他给自己找着理由。

这也是我的农场，她说。

陌生人对着上面森林边的同伴做了个手势。第二个男人一瘸一拐，两手都拿着枪。

两兄弟急着阻止柯卡迪尔跟游击队说话，走到苹果树这里。

你是哪儿的？埃德蒙问。

我是德昂斯人。党卫军在那儿烧了我父亲的农场。

这么说你啥都没了？埃德蒙说。

啥都没了。

这句话带着威胁。这一次，沉默只是伴着柯卡迪尔的镰刀割草时的短促声音。

我们会给你们吃的，在这之后你们必须离开，亨利说。

不，我们需要待到明天。

一瘸一拐拿着枪的男人走了过来。他很年轻，没刮的脸显得疲惫和痛苦。

最好的藏身办法，亨利狡猾地说，是跟我们一起干活。

我们要把干草割完。

这位同志的伤口需要包扎，德昂斯农民说。

我们不是医院！

柯卡迪尔倚着她的镰刀，朝年轻人望去。你的伤口在哪儿？她说。

右边大腿，他说。

我会给你包扎。

德国人来了咋办？亨利嚷道。他不能进屋。

你说得对，德昂斯农民打断道。我们待在这儿比较好。

你是说德国人在找你们？埃德蒙急忙问。

有可能。

你带着一个伤员来这里，德国人就跟在你后面，而你指望我们冒着生命危险救你们！

他们可以藏在鸡舍。

不，就像你说的，跟你们一起干活我们更安全。我们是你们的表亲，来帮着割干草。下面那屋里有人吗？

我妻子。

这么说你们是四个人。

算上这里的柯卡迪尔，对。

夫人，您可以拿点热水和绷带过来吗？我们还要把武器藏起来。

从农场带着几条亚麻床单回来时，她把伤员领到小溪一边的平台，她祖父曾用溪水驱动锯子。伤口靠近他的大腿根，跟世世代代的伤口没两样。

她穿着黑衣服跪在他的臀旁，弯腰对着伤口，用热水清洗。她花了很长时间才把旧绷带解下来。伤口跟牛肉一样红。她兑了一点烈酒，抹到伤口上。他觉得疼，摊在草里的一只手摸到她的小腿，透过她的衣服抓紧。

谢谢你，他说，等她终于把伤口重新包好。你的手很温柔。

躺在草地上，他的身体看起来很长，他光着的两腿就跟十字架上那个身体的两腿一样瘦。

温柔！她说。它们做了太多活不再温柔。它们碰过太多屎。

他闭上眼睛。

你多大了？她问。

十九。

你母亲还在吗？

我觉得还在。

你父亲呢？

他是法官。

你的牙齿很整齐。你不是这里人。

不是，从巴黎来。

你翻过干草吗？

我会跟着你做。

她扶他站起来。过了一会儿，他停下来用衬衣一角擦脸。

她递给他一瓶水。打干草时不管你喝了多少，她说，你都不会撒尿！

中午，一辆车开到农舍停住。

别看，德昂斯农民下令，继续干活。

两个穿制服的人下了车。

他们不是民兵[1]，埃德蒙说，他们是德国人。

站在巴黎来的年轻人身旁，柯卡迪尔突然抬起手，用

1　民兵（Milice），第二次世界大战时法国维希政权用来对付法国抵抗力量的半军事组织。——译注

手掌拍着他的脖子一侧。

怎么回事！他叫道。

一只马蝇正要叮他。

很快，他们听到德国人喘着粗气，虽然山坡依然挡着他们。第一个出现的是位军官，腰带扎紧，高耸的帽子拉到眼睛上。一个手握冲锋枪的军士跟在身后。

都注意啦！军官叫道。他打量着五个打干草的人：四个农民和一个侏儒女人。

我们在找六个杀手。我们知道他们是谁。今天早上有谁经过这里了？

我来告诉您，柯卡迪尔说。脑子需要更换。它会走神。要是我有钱买一个新的，要是他们有卖，我明天就换一个。她扣好松开的衣服。我今早的确看到一辆车经过——或者是昨天早上？可能是一支军队经过，我不敢肯定。看到这辆车，我自言自语，这很奇怪。有个军官开车，戴着跟您一样的帽子，先生——她用木耙尖指着军官的脸：军士把她推开。我自言自语，他像个伪装的人。也许他就是您在找的其中一个人，先生，其中一个杀手。他的帽子跟您一样拉到脸上，先生，好像他想遮住他的脸。是今天早上还是昨天早上我看到这辆车？他可能偷了这辆车，您瞧，先生。是昨天？我希望我知道。她把一根手指塞进耳朵。听我的，先生，您最好问问这里我的两个表亲。她用耙子指着游击队员。

没人经过这条路，德昂斯农民说。从天亮前就没人经过。我们五点起床的。没人经过，除非他们跟着森林走，我们看不到。

德昂斯农民茫然盯着远处白雪覆盖的山峦，就像一个靠在蓝天的白枕头，他放着屁。

军官走到埃德蒙跟前，轻轻摸一摸他的脸，这样他可以盯着男孩的眼睛。

他们不可能来这儿，埃德蒙讨好地说，他们太清楚我们支持谁。

不，军官说，你们都恨我们！

你呢？军士问，用枪指着年轻的巴黎人。

草现在干了。他说得又慢又蠢，仿佛他是侏儒女人的儿子。

你今早看到什么了？

苍蝇和马蝇。

有人从森林中下来吗？

苍蝇和马蝇。

他的愚蠢让军士用枪口使劲戳着他的肚子。侏儒女人举起耙子抗议。想到被干草弄得很滑的斜坡上会有一场争吵，军官一脸不快。

我们在浪费时间，他简慢地告诉军士。他对农民说：你们要是撒谎，我可以保证我们会回来的，就像我们回到T村。

去年冬天一个夜里，德国人来到T村，开着两辆装甲车，一辆军官的车，边斗架着一盏探照灯。用探照灯照着门口，他们挨家搜索。女人被他们赶进森林。男人被他们列队枪决。牲口棚和动物燃烧时，德军唱着歌。

军士先走。军官下坡时，脚跟踩进地里免得滑倒，干草的灰尘罩着他擦亮的靴子后跟。

车子开走以后，没有任何迹象显示发生的事情或可能发生的事情。

这个阿姨讲了一番很精彩的话！德昂斯农民说。她面露不快，以免他当她傻瓜。在她的第一生，柯卡迪尔从来不感兴趣别人怎么看她。

现在安全了。他们要问过所有人才会回来，她对她包扎过的那人说。你可以去干草棚休息了。

他得干活，亨利反驳道，一开始就说好了。如果他们回来发现他……

他的腿需要休息。

耶稣！他们要烧掉的不是你的农场。

你可以躺在干草棚，要是他们回来，你可以在干草堆上干活，柯卡迪尔说。

要是他睡着了呢？

我会跟他在一起。

跟他在一起！天哪！我们要割完这些干草。

阿姨说得对，德昂斯农民说，你应该听她的。

干草棚一半是空的；在另一半，新收的干草堆得几乎跟房梁一样高。她关上门时，就像黄昏。她告诉年轻得可以当她儿子的伤员，切莫藏在干草堆里，因为去年，一位躲在另一个农场的游击队员藏进干草，意大利士兵搜查阁楼，用耙子来捅。一个叉子刺伤他的脖子。他不敢叫出声。意大利士兵在谷仓晃悠，跟那个农民的老婆开着玩笑。那个伤员在血红的干草里流血而死。

他们知道他们现在失败了。你没从军官的眼睛里看出来么？年轻人说。

柯卡迪尔耸耸肩膀。

战争结束后你要做啥？

我要继续上学，他说。

有一天像你父亲一样做法官？

不，我相信的是另一种正义，一种普遍的正义，一种为了你这样的农民和工人的正义，一种把工厂给那些在里面做工的人、把土地给那些在地上耕种的人的正义。说到这些时，他腼腆微笑，仿佛在坦白一些很私密的事情。

你父亲有钱吗？她问。

很有钱。

你会继承他的一些钱吗？

他死的时候全部。

那我们有差别。

她习惯踢掉一只木屐，光着脚蹭着她的另一只脚。

我要用那些钱办一份报纸。那时我们会有新闻自由。新闻自由是彻底动员大众的先决条件。

你的脚也暖和吧？她问。

干草很多灰尘，他说。他说的每一句话都经过同样的认真考虑。

但同时你也很危险，她说。

不会比你更危险。

这倒是，今天我们是平等的。

你的兄弟也像你这么想吗？

我不觉得。

我不相信他们，他说。

他们就跟山羊的后腿一样直。你现在必须休息。一会儿我要再给你包扎伤口。你叫什么？

他们叫我圣茹斯特[1]。

我从没听过这个名字。现在休息吧，圣茹斯特。

他睡得很熟。晚上，其他人吃饭时，她给他拿来面包和一碟汤。

我觉得有力气多了，他说。

我可以再给你包扎伤口。

1　圣茹斯特（Saint-Just），十八世纪法国大革命时的军事和政治领袖之
　一。——译注

不，就坐我身旁。

她坐到他身旁时，他把脑袋靠在她的膝上，她用手指梳着他的头发。

你的手很温柔，他第二次说。

就像耙干草，她笑道。

她的故事讲到这里结束了。我不知道他们有没有做爱。也许只是我的回忆让我问这个问题。然而，柯卡迪尔讲她跟男人的相遇时，总有一种东西让你猜测。

两个游击队员第二天走了。不出四十八小时，村里听说一群游击队在营地被民兵袭击，当了俘虏，带到 A 地，在那儿一块田里被枪决了。他们一共六人，包括德昂斯农民和圣茹斯特。据说民兵绝对找不到营地，除非线人通风报信。

听到这个消息，柯卡迪尔尖叫起来。那晚吃饭时，她还哭得眼睛红肿。

天哪别哭了，女人！亨利的老婆叫道。不管怎样，像你这样年纪的女人应该害臊！

那些跟狗睡的，醒来带着跳蚤，埃德蒙说。

说得好！亨利叫道。说得好！那些跟狗睡的，醒来带着跳蚤！

她绝不原谅这番辱骂。如同还是孩子那阵所为，她开始不见了。不告诉她的兄弟，她会一整天不在，有时两天一夜。把一份固定的活儿交给她做不再可能。她渐渐不再干活，因为每一份活儿在她看来都很可耻。不是活儿本身可耻，而是给她不能原谅的两个人干活让她觉得可耻。

不久，她不再跟家里任何人说话。她睡在牲口棚。她一个人吃饭。为了省去一天吃饭超过一次的麻烦，她给自己卷烟抽。她的兄弟一直害怕她会故意或者意外把农场给烧了。他们威胁，要是发现她在牲口棚抽烟，他们会揍她。为了报复，每次看到他们其中一个走近，她就把一支没点燃的烟放在嘴里。

亨利最先在村里讲柯卡迪尔偷东西。她偷他老婆鸡舍里的鸡蛋，他说。因为她不干活，他补充道，她没权利拿鸡蛋，她把它们拿来卖钱。

有的人信了他，很同情；其他人则说，毕竟她是他姐姐，他欠她一份她的家产。大家渐渐明白的是，她也偷其他菜园的东西。几根莴苣，几颗李子，一两根西葫芦。除了亨利和埃德蒙，没人把这些小偷小拿很当一回事。他俩觉得很丢脸。

这一切以火灾结束。一个秋天的早晨，卡布罗尔家的谷仓烧掉了。兄弟俩指责柯卡迪尔故意放火烧的。

他们去见镇长，告诉他，他们不再为这个姐妹的所作所为负责，她的疯狂包括偷窃和纵火。镇长不太愿意把这件事情交给外间任何部门。是他太太想出一个解决方法，他最后建议给亨利和埃德蒙。他们很热情地接受了。因为这个建议，柯卡迪尔的第一生宣告结束。

露西·卡布罗尔的第二生

对一个农民来说，距离多远，可能取决于他怎么种地。如果他在樱桃树之间种瓜，五百米是个相当长的距离。如果他在山上牧场放奶牛吃草，五公里不算远。对于什么也种不了的柯卡迪尔，因为她现在没地，二十公里成了短距离。她走路很快。她是老太婆时，大家还说她消失得有多快。这一刻他们看到她在一条小路上：下一刻山坡和天边就空了。她通常背个口袋，有时，她的背上横着绑了一把蓝色的大雨伞。

一九六七年九月一个早上，她很早就上路了。她要去的地方是森林覆盖的高原，距她现在住的地方大约八公里。在那片森林中，因为闪电击中或大风把树根从土里拔起，一棵松树倒下时，它就躺在倒下的地方，直到树木变成灰色，冬天被雪盖住，夏天太阳炙烤。那里没路。你可以看到倒下的树干上数百个有条不紊掰开的松果，那是松鼠吃过的，春天化雪时就没动过。在树根和大石头上面，到处长着野生覆盆子。

树藤比她高。挑着它们时，她轻轻哼着。这是把蛇吓跑。她用左手把树藤掰弯，有串串果子的内侧就露在最上方；然后，她用右手的手指和拇指摘着，一串接一串，直到她对着树藤伸得够长，险些一头栽倒。不容易从白色果核摘下的果子，她都留着。摘下的那些，她放进左手掌心。浆果像乳头一样暖和，一颗一颗。用长了老茧掌纹沾着泥土的手掌，她握着它们，免得压碎。等手里握满，她转过身，把一把果子倒进木片做的篓子。林中一路前行，她在身后留下数千个采了果实的白色果核。

我看着她。同一个早上，我爬到森林找蘑菇，它们长在森林上方不再有松树的边缘。让我吃惊的是，我看到树木之间有个矮小的黑衣老太婆。我回来后，只听其他人说到柯卡迪尔。

到了布宜诺斯艾利斯之后，我很少想到她。即使想到她，我都庆幸自己逃脱了她的狡猾。我一直坚信她想把我套进婚姻。幸好她失败了——或许因为她无法生育。跟你可能预料的相反，随着时间过去，我更多地想到她。我理所当然觉得幸亏没跟她纠缠。在布城闷热的夜里，距离最糟糕的一个棚户区不远，我曾想象着阿尔卑斯的夏天。我记得的一桩事情，就是卡布罗尔小屋旁星空下高高的野草。然后，即使她的计谋，对我来说，也是属于一种无忧无虑和天真的生活。

在林中的树木之间，她不时伸直腰，吃点果子。我藏了起来，她看不到我。我想出其不意看着她。

阿根廷住了二十五年，我去了北边的蒙特利尔，在那儿我一度很富。我在那里有自己的酒吧。有时，我会讲起月光中的山羊和柯卡迪尔的故事。有一次，一位客人问我：这女人是侏儒么？我只得解释。不，她不是侏儒，她很小巧，她没完全发育，她很无知，她像个侏儒，但她不是。如果她的身体像侏儒，客人理论着，她肯定就是一个侏儒。不，我说。

我再望向森林时，她不见了。没有一根树枝在动。红色的松果一动不动悬着，那年它们红得格外淫荡。我从没见过它们这么红——跟狒狒的屁眼一样红。不见她的踪影。

我告诉自己我只是以为见到了她。然而，走到我觉得她曾在的地方，覆盆子的藤蔓剥过，到处都能见到她采过的白色果核。

之前几天，我无意中听到学校出来的几个孩子在讲她。

路上见到她就会把你吓着。

她为什么住在那上面，那么远，靠着悬崖？

妈妈说她捉土拨鼠来剥皮。

我爸说她有一笔财富藏在那上面。

她为什么不养一条狗至少陪着她？

女巫不养狗，她们养猫。

她要是看着你，你得张开嘴——你们听到了吗——你不能闭着！

我低着脑袋走路在找蘑菇。年纪大了，我有点耳背。什么东西让我看向旁边。穿黑衣服的那个女人，不出十米远，蹲在一棵树下，正把衣服提到她划伤的双膝上面。

路过的人，她呱呱说着，从来都该朝正在拉屎的人脱帽致敬！

我摘下贝雷帽，她呱呱笑着。

我觉得她没认出我，等她站起来，朝我走了几步，拉下裙子，她停住了，叫了起来。

是尚！

我点点头。

你认得我吗？

你是柯卡迪尔。

不！她说，她的笑声突然停止。

你为啥跟着我？她问。

我上来这里找蘑菇。

你找到没有？

怎么？

你找到没有？她追问道。

我打开我的帆布背包。她的头发是白的，嘴角皱纹很深，在她的脸两旁，我能看到汗迹。她的嘴唇周围，是她吃过的果子留下的深红斑痕。这些，还有她满是皱纹的脸和白发，让她显得可怕，很像一个未老先衰的孩子。或者像个孩子气的老人。

把它们给我。她的眼睛盯着我找到的蘑菇。

为什么？

它们是我的！她说。

她觉得凡是长出来的，不是人种的，在她住处的方圆十公里以内，毫无疑问都是她的。

我合上帆布背包。她摇摇脑袋，转过去，自言自语低声咒骂着。

这么说你回来了，过了一分钟她说。

对，我回来了。

你走得太久了。她用蓝眼睛的专注眼神盯着我，它们不再如花，而是像一种名叫蓝晶石的石头。

我记得到这上面的路，我说。

你上来监视我。

监视？

监视我！

我为什么要监视你？

那给我蘑菇。

不。

我为什么拒绝？我找到了蘑菇，所以它们是我的。这是最起码的公平。但我知道这一公平跟我的生活或她的生活没什么关系。我出于习惯而拒绝。

她从口袋里拿出一个空篓子，采了起来。我很想知道她是怎么把这些装满的篓子放在口袋里的，又不会弄坏果子。

你不在那阵，一切都变了，她对着身后的我说。

你离开农场时肯定有很多变化。

我没离开，是他们剥夺了我的继承权。

她朝前走着，跟着果子，从我身旁走开。她似乎很快忘记我在那儿。她掰弯一根茎，上面的浆果长得格外密集。

谢谢你，小母猪，她呱呱说着。谢谢你！

你在那儿结婚了么？她叫道。

结了。

我挤过灌木丛，这样听她说话清楚些。她套着靴子没穿袜子，划破的两腿跟奶牛的前腿一样精瘦。

那你为啥一个人回来？

我妻子死了。

你是鳏夫。

我是鳏夫。

你有孩子么？

两个儿子。他们都在美国工作。

钱能改变一切，她说。她抬起左手，都是覆盆子，假装都是硬币。没钱的人就像没牙的狼。她环视整个森林，仿佛那是世间。而对有钱的人，钱可以做一切。钱可以吃东西和跳舞。钱可以把脏的变得干净，让被鄙视的受尊敬。钱甚至可以让侏儒变大。

她用侏儒这个词让我吃惊。

我有两百万！她呱呱说着。

我希望你把它们存在银行里。

滚！她骂道。滚开！

她指着，仿佛指着一扇门命令我走出房间，而非走出森林。村里人都说她啥也不怕。我不觉得这是真的。她靠的是让别人害怕。她知道大家怕她。眼下她很生气，因为她让我知道了她的存款；她或许想要保守这个秘密。如果我顺从地离开，她可能以为我不感兴趣。如果我坚持留在那儿，那等于承认我的好奇。所以我走了。

据说大蘑菇从它们刚刚长出来的时候就大。今天早晨什么都没有，明天早晨蘑菇就在那儿，跟向来一样大。小蘑菇并非初生的大蘑菇。它会一直都小，就像柯卡迪尔一直都小。

有时，继续寻找蘑菇，我看到远处她那褪色的蓝色遮阳伞。那个蓝色如同她眼睛的颜色。它们并未随着年岁而褪色。它们只是变得干枯，就像石头。

到了中午，我找到了我见过的最大的蘑菇。我望着它几分钟才发现。然后，它突然从周遭的蕨类、苔藓、枯木、灰色的松针和泥土之中夺目而出——完全就像它在我的眼前平地而生。它的直径有三十厘米，跟一条圆面包那么厚实。有时我做梦找到蘑菇，甚至梦里自言自语：不要马上摘下，先欣赏它们。这一个有两公斤重，还很新鲜。

我走到森林的另一边，那里的松树不是云杉而是落叶松，地上盖了一层柔软如动物腹部的草皮。我打算在那儿吃午饭，然后，就像已成我的习惯，小睡一会儿。我把贝雷帽盖在脸上遮挡阳光。躺在那里，睡着之前，我想，我看起来肯定像个从未离开故国的老头。这个念头，还有我找到的蘑菇，我喝的一点儿葡萄酒，柔软的草皮，令人安慰。我坐起来再看一眼帆布背包里的大蘑菇。它也在证实我回家了。

老天爷啊！

如果她没咒骂，她不会惊醒我。一个排都可以在那草皮上行军，不发出一点声音。她握着面包一样大的蘑菇，盯着它。我的帆布背包的带子已在她的肩上。她看到我坐起来。这根本没吓着她。带着夸张的大步，她走向森林的另一边。我为什么不反对？没了我一早上采的所有蘑菇，没了我见过的最大的蘑菇，而且还没了帆布背包，可不是小事。我本可以追上她，抓住她摇晃。我待在原地。我听到的关于她的所有故事都是真的。她不知羞耻。她是个小偷。我敢肯定她会卖掉我的蘑菇。她为什么不再问我要？我可能会给她一点儿。我突然觉得，这一次，仅仅这一次，我会让她拿走她拿的东西。

我要我的帆布背包，我叫道。

你知道我住在哪儿!

她喊着这话，仿佛是在表示她做得完全没错。

过了几天，我去拿我的帆布背包。出了村子顺着路往东走上半小时，你看到一根石柱，顶上是一小尊圣母玛利亚的塑像。她两臂放松站在那里，手心对着道路，仿佛等着欢迎旅行者。圣母两边是围栏，因为，在她身后，陡峭的下方就是嘉伦特河滩，大约有六七十米。

下一个弯道附近，就是柯卡迪尔度过她的第二生的房子。房子旁边有块岩石，跟屋顶一样高，顶端长了一颗白蜡树。你感觉那房子伸到路上，从房子后面的悬崖移了开来。它最初是一次世界大战之前建给修路工的。在那段与世隔绝的道路上工作时，一年几个星期，他跟他的马住在那里。有了卡车以后，房子不再有任何用途，于是锁了起来，钥匙放在镇长办公室。镇长太太的提议，就是柯卡迪尔应该不交房租住在修路工的房子里。在那里，她会离村子够远，不会给任何人找麻烦，法律也不会述诸她。

若是你从相反方向走到修路工的房子，你要到它旁边才会看到它，因为顶上有棵树的岩石把它全挡住了。那块岩石就像装满石头的第二所房子。从我来的方向，我可以看到住了人的房子有扇窗户，没窗帘。

我敲了敲门。

是谁?

尚。

你太晚了。

还没八点半。

门开了一点儿。

你想怎样?

我来拿我的帆布背包。

这个时辰！

我不会进来。

现在她把门全打开了。

我请你喝杯咖啡。

屋里都是口袋和纸箱，两堆木头，就我所见，桌旁只有一把椅子，桌上一堆旧报纸，一堆榛子和一些针线。蓝雨伞靠在一个角落。屋顶熏成深褐色，就像火腿的皮。房间大小如一辆小卡车。

她继续做着我敲门前她肯定一直在做的事情。她把榛子装进一个篮子，挂在一副秤上，那种传统铁秤，在有些国家的钞票上，正义女神举在她的胸前。

该死！该死！她咕哝着。这个光线我看不到。

我戴上眼镜，从她身后读着铁杆上的读数。

六公斤，三百，我说。

她的味道就像太阳从来照不到的林中地面，她闻起来像野猪。

过完秤，她把坚果装进一个纸箱。

我三年没来过客人了。我得竖起耳朵听她说话。她仿佛对着自己说话。我的上一个客人是一九六四年七月的神父先生。他们把我放在这儿让我离得远远的。你为啥不摘掉眼镜？它让你看起来像个神父。

你要是读不了，你自己应该戴眼镜。

读！她呱呱说着。读！

她从围裙的口袋拿出一包烟丝，慢慢给自己卷了一支烟。她把火炉上装了牛奶的平底锅移开，就着燃烧的木头点了火。

我要是转过去，你就溢出来了，她对着牛奶说。

一只公鸡从相邻的牲口棚门内走出。它站在那儿，一只脚爪悬空。

坐到椅子上来！她说。那是上一个神父，不是这一个。他总是身体不好。他两脚爬到这里，要去某个地方。我让他喝杯水。啊，他说，刚一进门：你是大地的孩子，露西！没土地，我说。你一定不要有怨恨，他告诉我，你有可以感谢的东西。我明白他的意思。你是说像这个房子——人人都在嘀咕我不用交房租，瞧这屋子！那是建给一个男人和一匹马的——她把牛奶从火上拿开——等马死了，就再没人住了。我是这个房子里睡过觉的唯一一女人。我让神父说说村里有没有另一个女人会一个人住在这儿。她们没有一个是大地的孩子，他重复道。有一天我会让你们知道我是什么，我说，我会让你们所有人大吃一惊！那很危险——我记得他的声音有多严肃——指望太多；你不能让世人满意，没理由羡慕他们。她把公鸡嘘进牲口棚。神父，我说，我相信快乐！你知道然后怎么回事？他的脸变得惨白，他抓着我的胳膊。露西，还有水吗？他低声说。我给了他一些烈酒，他像喝水一样喝着。他开始说话，像在教堂念圣经。书上写着的，很多人因为忧愁而死，忧愁无益。你是对的，我的女儿，相信快乐。躺下来，神父，我告诉他，休息一下。在哪儿？他问，我没见到床。我让他躺到桌子上。他躺了下来，闭上眼睛，微笑着。天使们，他低声说，在雅各的梯子上上下下，它们有翅膀，但他们没有飞，他们踩着梯子的一级一级。我给他端着杯子，解开他的衣服扣得太紧的纽扣。他一直没睁开眼睛。他醒过来会害臊的，我说。他听到我说这话，因为他说：我现在很害臊，但我觉得好些了。慢慢地，神父，我说，让你的力气慢慢地回来。这就是我的最后一个客人。她倒了些咖啡。

亨利或埃德蒙没来看过你？

正是那时，她给我讲了她的兄弟和游击队员的故事。

她蹲坐在火炉旁一个口袋上讲着故事。厨房愈来愈黑。除了橙色的炉火和她微微闪光的白发，我什么也看不见。外面有一轮坚硬的月亮。他们是叛徒，她补充道，当她讲完故事。

叛徒？

就是他们向民兵告发的。

你有证据吗？

我不需要证据。我太了解他们了。

他们为什么要那么做？战争都快结束了。每个人都知道德国人输了。

你是什么样的爱国者？她嘘着。一千公里以外。

一万，我说。

她吐着口水，用脚擦着地板上的唾沫。

我兄弟来过的仅有一次是把我的家具送来。他们一整天都找借口说他们得种完土豆。那是一九四九年四月。他们喝完汤才装车。然后我们趁黑上路。你知道为啥？白天他们很惭愧让人看到把他们的姐妹送走。我们到这里时，就跟现在一样黑。我自己的兄弟，吃的是同一个母亲的奶，受的是同一个父亲的精子，一天夜里把我抛在这儿的黑暗中。我甚至没一盏灯。每个月他们都说要给我钱。给个屁！我最后一次看到他们是那天夜里透过那扇窗户。

我看着车子离开，她继续说，当我知道它走远了，我跟着它。我一直走到圣母玛利亚那里。她走到屋内的黑窗户前，站着望出玻璃窗。

有一长条白云像一条鱼，她继续说，我再没见过。该有鱼眼睛的那里是月亮。我在圣母玛利亚的柱子下面等着，我跟妈妈和爸爸说话。你们应该多了解一下你们的儿子，我告诉他们。你们总是觉得他们还是摇篮里的样子。该死！你们不知道他们的恶毒是从哪儿来的，不是吗？你死了，爸爸，不是吗，不知道生个孩子你需要一个女人，一个男人和魔鬼。所以为什么那么吸引人！站在圣母玛利亚脚下时，我看到爸爸那一刻做的事情。他在弄进妈妈。妈妈把他拉下去！你活着的时候，你做不够，是不是，你总是太累，你的背感觉简直断掉了。继续。我祝福你们。继续，我告诉他们。你们在这儿什么也不剩了。你们的儿子什么也不会还给你们。如果你们大声说出来，他们不会听。如果你们停下来看我，你们会痛苦。我不会让你痛苦，爸爸，我不会让你痛苦，妈妈，因为我要活下来。你们这两具背靠一切的尸体！我不会让你们痛苦。我发着誓。我要活下来。

黑暗中，屋子有口袋和泥土的味道。路上来了一辆车，车头灯直接照进她站在一旁的窗户，把整个屋子照亮。在这光线里，屋子看起来更像库房。角落，火炉远端，有一个梯子，上面是一扇敞开的便门。汽车过后，相形之下更黑了。引擎声消失了。在寂静与黑暗中，我们两个可以说是身在棺材里。

你想跟我喝点儿汤么？

我有一瓶葡萄酒。

这么说你想到过夜！

不，我买来自己在家喝的。

四十年不见，你拿什么露面？一升葡萄酒！

稍多一点儿。

什么？

足以活到我搬去安息大道。

这么说你回来等死。

我们不再年轻了。

我还没准备好去死，她说。

死亡不会问你有没有准备好。

你会过得很好么？她问。

我不富有。我没赚到我梦想的财富。我运气不好。你总是坐在黑暗里？

你在南美发现了什么——电？我看不见的时候就上床。你要留着村里你母亲的房子么？

我从我兄弟那里买过来了。

你什么时候买的？

这番审问，其间我俩都看不到对方，让我想到跪在告解龛前。我有钱的时候把钱寄给他们的。

她肯定料到我在想什么，因为她的下一个问题就是：你对你妻子忠实么？

男人怎么料理自身，我说，是他自己的事情。

我有二十年天黑了以后没跟人说过话了，除了我的鸡和山羊，那时我还养着。

把帆布背包给我，我要走了。

不，等等！我把灯点上。

她划了一根火柴，走到橱柜那里，在里面找到一根蜡烛。

你现在热了吗？她问汤，很小心地揭开平底锅的盖子，如同起先她给我开门。我一粒土豆也种不了给你，他们都拿走了。你能把灯拿下来吗？不然我得站在椅子上。

灯在壁炉台上。我点亮它。她爬上梯子到阁楼，拿了第二把椅子下来。从火炉后面墙上的一根钉子，她取下一把锡勺，在她黑衣服的一边擦着。

我们终于坐到桌子两边。汤在盘子里冒着热气。肯定已过了半夜。

这么说你啥也没带回来！她盯着我的脸。

不是一大笔财富。

显然。

她伸出她的杯子让我倒酒。

我发誓要活下来而且富有，我富有了，她说。世上没一个人有权喝一杯我的钱买的白葡萄酒！从现在起，我要在晚上喝葡萄酒。

你早上什么时候起床？我问。我必须走了。

挤牛奶的时候。

你没奶牛。

我在挤牛奶的时候起床。二十年来每天早上，从我来这里。

五点？

她点点头。

你有闹钟？

在这儿。她指着她的白发。

明天呢？我问。

今晚例外，她说，伸过她的杯子让我再倒酒。今晚我要告诉你这二十年。

它们跟我有啥关系？

你回来一个穷光蛋，但你至少看了世界。

在圣母玛利亚脚下发誓要活下来时，她还不清楚怎样才能富有。她比我坐船去布宜诺斯艾利斯那时知道的还少。她所知道的，就是她在村里富不起来。

我把村子改名了，她说。我把它改成柯卡迪尔的家！她笑得晃动，用粉红色的舌头舔着没有颜色的嘴唇。

五十公里开外，刚过边界，有个 B 城，布莱恩村的马里于斯跟他父亲一样说起它的财富。马里于斯还说，住在 B 城的那些人什么也不给；他们太吝啬，把融化的雪当成施舍给穷人！看到她死去的父母抱在一起，柯卡迪尔断定，真正有钱的地方就是 B 城。到了村里的那些钱只是零敲碎打。她得去到钱的所在，钱在那里滋生。

她能拿什么去 B 城卖？正是宰羊羔的时节，但她没山羊。正是去年夏天的奶酪能吃的时节，但她没奶牛。正是鸡生蛋的时节，但她还没建鸡舍。显然，她的答案并非立刻得出。从圣母玛利亚的柱子那里，她顺着月光下的路走了回来。

第一个晚上我就睡这下面，她说。我用了一年才搬到阁楼。我想念牲口棚的动物，睡在半空中，在寒冷里，我不觉得有吸引力。我情愿睡地上，你不觉得吗？

我有一阵住在十八楼。

它给你带来什么？

她捻着食指和拇指，做出代表钱的钞票手势。然后，她用手指碰碰我的手背。

在修路工的房子第一个晚上，她梦到圣母玛利亚。圣母玛利亚在梦里跟她说话，告诉她，人们出去采摘的所有东西，她得先采摘并带去城里。这就是为什么圣母玛利亚的两手张开，指着路边的野草。

第二天，她走上通往村里最高田地的小路。那里的海拔是九百米，草才刚长出来。她摘了做沙拉的蒲公英，它们的叶子还很小，梗是白的。她摘了两公斤才下山。然后，她去了下方五百米的田里和果园，那里的蒲公英已经开花了，草高到她的脚胫，她寻找羊肚菌。她的手指找到它们，在梨树下，在荨麻间，在墙上的石头缝里。

我仍然知道蘑菇在哪儿等着，就像一条发情的母狗等着公狗。

一天下来，她装满了篮子。

黄昏，她再去森林边采紫罗兰和报春花。她用一块湿布把紫罗兰包成小束，报春花她则连根和泥土一起拔出。天全黑了时，她沿路走到圣母玛利亚的柱子，在底部的草里，她栽了一些报春花。

一列火车开往靠近 B 城的边境小镇。甚至还有一首关于这列火车的歌，梅拉妮曾经唱过。歌里的火车中午离开镇上，开得很慢，在河边常常停下，火车头的烟雾一直升到天上，火车要到天黑才到村里，这让恋人们很开心，因为他们可以在暖和有软垫的车厢里不受干扰彼此爱抚。梅拉妮唱歌时曾经模仿他们的拥抱。柯卡迪尔坐上这列火车。它开往歌中火车的相反方向，而且快得多。旅程不到两个小时。让她害怕的是火车很平稳。她习惯了颠簸摇摆，不假思索，她会全身绷紧，免得被马车的木板撞伤。火车的平稳让她觉得恶心：仿佛大地不再存在。

火车抵达终点时，她跟着大家走出车站。她一个人也不认识，没法打听边境在哪儿。她决定走大多数人走的同一个方向。仍是清晨，她知道很多人当天要去 B 城干活。

在边境，海关关员问她有没有什么东西申报。她一脸茫然。你带了什么？他问。一些羊肚菌，她说。我会卖给你，如果你给我个好价钱！

找了两个小时，她找到市场。她在里面走了一通，看其他人是否在卖跟她带来的一样的货。没有卖紫罗兰的，她觉得她看错了蒲公英叶子的价格。它们一百克卖两百。一公斤两千！她更了解 B 城的财富了。羊肚菌一公斤卖五千！她在阴凉处挑了一个角落，把她的篮子放在脚两旁，等着顾客来买。她站着等了一上午。到了中午，她看到所有商贩收摊了。她什么也没卖出去。她没开口。

回边境的路上，她走进一家咖啡馆要了一杯水。她在街上没见到水泵或喷水池。店主盯着她篮子里的羊肚菌。他不发一言拿起一块，用手指捻着。

这一篮我给你一千。

这有两公斤。您可以称称。

我不需要。

他们在市场里卖五千一公斤，她说，很吃惊。

他耸耸肩膀转过身去。她盯着他，她的下巴跟他的锌皮吧台顶一样高。转脸望着，他张开沉默的嘴巴，放声大笑。

你自己有多重！他问。你可以把自己也额外加进去！我给你一千二。

她知道她得接受这个价钱，这是她最后的机会。

她用了一年才在 B 城摸清门路。在布宜诺斯艾利斯，我见过刚刚进城的农民，他们所有人都有同样的困惑与极度胆怯的神情。他们很多人从未克服这些。我和柯卡迪尔做到了。我们两个，她更快。在家，村里，是你在做一切事情，你的做事方式让你有某种权威。意外和很多事情不在你的控制之内，但即使这些事情的后果也是你来应付。当你进城，那里太多事情发生，太多正在做的和变动的事情，你很吃惊地发现，你什么也控制不了。这就像一只蜜蜂贴着窗玻璃。你看到事件，颜色，光线，然而你看不到的有些东西把你隔开。对农民来说，这是强行中止他处事与做事的习惯。所以他的双手这么愚蠢地悬在袖口外面。

长年累月，柯卡迪尔知道了每一样东西她可以在城里哪个地方卖，根据季节她从山里搜罗的每一样东西：野樱桃，山谷里的百合，蜗牛，蘑菇，蓝莓，覆盆子，野草莓，黑莓，毛茛，杜松子，孜然，野杜鹃花，槲寄生。

你得明白，你在城里看的一切就跟游戏一样不重要。城市让你印象深刻的一切都是幻觉。这不容易。同时有印象又没印象！城里真正发生的事情都隐藏起来了。如果你想实现什么，必须秘密筹划。

她去了咖啡馆，从不错过一个眼色或点头，从没忘记一个很快说出的地址。她买了一张城市地图，在那上面，用安德烈·马松教给我们大家的优美的大写字母，她记下顾客的地址。

看那张地图你得给钱！她呱呱说着。

我斟上剩下的酒。

你还记得到高山牧场的小路上长着孜然么？我背了满满一篓下来，让它在牲口棚里晾干。我把报纸放在下面接着落下来的孜然籽。一百克孜然籽我可以卖一千或五百！

说着价钱时，她用一只手的五指敲着桌子边缘，汤匙在她盘子里格格作响。她发现不需要买票去 B 城。她可以在路上截住卡车和汽车，它们会载她。她一个礼拜去两次城里。一年其他日子，没雪的时候，她从早到晚搜罗。

司机们开始知道我了。她又碰了碰我的手背。有时他们想放肆，但他们从没试过第二次。

勒内，那个电工，有一天让她搭车。

最远去到边境？她问。

勒内点点头，她坐进后排。他从后视镜里看着她。那是他刚买的一辆新车，她坐在光鲜的后排正中，跟地板上她的口袋一起卡得笔直。勒内用肘推了推坐他身旁的学徒。

你听过发疯的公山羊的故事么？

没有。

他是一个农场养的，很多年以前，那儿的一只公鸡下了一个蛋。

咋回事？

那个农民的妻子很肯定，因为一天早上她去鸡舍时，那只公鸡在一只母鸡的笼子上，发出下蛋的声音。她把他嘘开，有一个蛋！什么也没告诉丈夫，她捡起蛋，把它埋在粪堆里。四个星期后……

什么东西噼噼啪啪裂开的声音把他打断了。他转过头。柯卡迪尔两腿和靴子悬空往后躺着。在她身旁的座位上，几个蛋黄流下软座。她用来包鸡蛋的报纸碎片还在她的膝上。

把你的故事讲完，她说。柯卡迪尔对公山羊做了什么？

勒内不发一言继续开车。边境的海关关员问他们有没有东西申报时，柯卡迪尔靠前说道：

这两个人有一打破鸡蛋要申报。

勒内摇摇头，对海关关员使着眼色。

您可以数数地板上的，她坚持说，十二个，他们还没给我鸡蛋钱。这么一辆车，而他们假装给不了一个老太婆一打鸡蛋的钱！

它们怎么破的？海关关员笑着问。

一头公山羊把它们压碎的……她解释着，然后，没一句道谢或再见，柯卡迪尔下了车，跟着电车轨走了。

她明白钱在边界两边并非同一价值。买的每一样东西，都有便宜的一面和昂贵的一面。她明白把钱带回来很愚蠢；

把可以在她的这一边卖得很贵的东西带回来则没那么愚蠢。

我们被天然的边界包围：白雪，山峦，岩壁，河流，沟壑。千百年来，我们也活在一道看不见的政治边界附近。它的确切所在与变化，取决于外国政府与军队的力量。这道边界把穷与富分开，它是最易跨越的一道边界。鞭笞、流放、处决和送上苦役船的威胁，从未阻吓跨越边界与走私物品的男男女女。很多人独自走私；有的人组成小型军队一样的团伙。她记得这些团伙的首领名字：大若塞，龙，影中起舞，在 V 地被处决的了不起的路易·芒德兰。

您今天有什么要申报吗，老奶奶？

下到那里，什么也没有，她指着她的肚皮窝，在那下面，有一个礼物给任何想要的后生！

在她不愿给我看的地图旁边，她记了一份年历。在那里面，每一年，她写下某处的某一作物准备采摘的月份和日子。一周五天，因为星期天她还出去搜罗，她搜遍乡下。像只乌鸦，她什么都留意到。

她不仅知道小路，也知道无数的林中空地、一堆堆岩石、溪流、倒下的树木、遮蔽的洞穴、岩缝、山顶和斜坡。只有 B 城她才需要地图。她很清楚顺着森林边缘的何处爬行才能找到野草莓。她知道哪些松树下长了仙客来，名为红面包的细小仙客来，因为野猪吃它们的根。她知道哪个遥远的陡坡上开出第一丛杜鹃花。她知道哪些墙上整窝的蜗牛从藏身之处爬出来。她知道最大根的黄龙胆长在哪个山腰，那里的土中最少岩石，把它们挖出来比较容易。她独自干活独自搜罗。

太阳下山后，我跟我的影子说话，我们一起计算我们的战利品可能卖到的价钱。我们成了专家，我们两个。我们彼此怜悯——关于口袋的重量，我们手里的刺，我们干活有多长时间。有时候，就像你，我们睡到中午。

她突然把她的椅子往后推，走到橱柜那里。

你还喝烈酒么？

很晚了，我抱怨说。

屋子里都是她的轻蔑笑声。她把酒从瓶里倒进杯子。

这样一瓶我卖九千！

这是我回来以后尝过的第一口龙胆酒。味道很烈。龙胆根有泥土味，泥土则有大山味。

她知道每一株可以够到的野樱桃树在哪里。她带着一副小梯子，跟她一样高，这让她爬到树上。等站稳当，背靠一根树枝，靴子踩着另一根，周围都是樱桃，篮子平行挂在右边，她可以看也不看摘着樱桃。她可以站在树上，两眼猫头鹰一样闭着，手指找到茎杆，立刻顺着它们往下，每次从头上把它们掐断四五下。眼睛半闭，她几乎没有碰到果子。

她把她的货卖给餐馆、草药铺、花店和宾馆女经理。

银蓟我给你三千，女经理说，你聋了吗，听到我说吗？她递过一张五千的钞票。

我没零钱找，柯卡迪尔说。

你要是从来都没零钱，你每个礼拜怎么到这里的？女经理生气地质问。

坐私家车！

女经理被迫去换零钞。愿她倒霉！柯卡迪尔说。

一天下午倾盆大雨，她发现自己被雨赶到一个女人堆里，她们拥进一家百货公司的玻璃门，站在年轻女人卖丝袜和蕾丝内衣的玻璃柜台前。她刚开始对着黑色蕾丝惊叹，又被人从后面推走，这一次她发现自己在一个电梯里被其他女人围着。电梯往上时，她画着十字轻声说：

埃米尔，你要是现在看到我就好了！

开电梯的男人跟她一样年纪，穿着乐队乐手的制服，跟她说：咖啡，茶，巧克力，糕点屋，夫人。电梯门打开了，铺了地毯的两个地面再度一致了。

接下来十年，每个礼拜，卖完她的货，她都去楼上这家茶室。去茶室的路上，她去了一家烟草店。

今天有什么我可以为您效劳，夫人？

给我八百支万宝路。

烟草商人把四大盒烟塞进一个金色塑料袋。拎着金色袋子，她进了百货公司，走进电梯，等着开电梯的问她：咖啡，茶，巧克力，糕点屋，夫人？

在四楼，她进了女厕所。她把自己关在那里，撩起她的哔叽黑长裙。里面，她在臀部位置缠了一条布带。这根带子是她用梅拉妮的一件亚麻内衣做的。它的口袋比通常的子弹袋大。缝之前她仔细量过。她把三十九盒万宝路装进两排口袋。

有了这些红白包装她觉得没味道的烟，她可以让自己的收入翻倍。美国香烟在边界她的这一边要卖双倍价钱。整理好裙子，拉下宽松的毛线开衫，她冲了马桶，帽子拿在手上出来了。她对着洗手盆上方的镜子理理头发。

她看起来既像穷人又很执拗。如此结合，在城里令人想到疯狂。

她在茶室点巧克力喝是个惯例，伴之以抽上一两支她留在外面的那盒香烟。她更喜欢自己卷的香烟。她对场合的判断，让她觉得在这样的环境抽那些不太合适。

这是一周她跟别人坐在一起的仅有时刻，尽管除了女侍应她没跟任何人讲话。坐在镀金的柳条椅里，直到第二生她才见到这样的椅子，小口喝着泡沫奶油上撒了磨碎的肉豆蔻的巧克力，抽着带长过滤嘴卷得很圆的香烟，用她僵硬的手指不时检查一下腰带是否缠好，她沉浸在实现计划的梦想之中。她打量其他顾客，几乎都是出来购物的女人。她留意她们的手，她们化了妆的脸，她们的首饰，她们有高跟的鞋子。她无意跟她们说话，她不羡慕她们，然而看到她们让她很开心。她们每周都在证明钱有多大用处。每个月，她至少把跨境走私香烟得到的钱存下一半。她一刻也没忘记她的积蓄总共多少。每个礼拜，这一数字都在鼓励她。它就像个父亲。天还没亮它就让她起床。她踏上二十公里路途时，太阳还没升起，她的裙子被露水打湿，露水从她的两脚滴进短袜，它提醒她一个小时以内衣服可能会干，只要不下雨。她饿的时候，它告诉她不要抱怨，因为晚一些她会吃东西的。她的背很疼肩膀很酸时，或从山上下来，她的膝盖疼得纠结像要裂开让她叫出声来时，它提醒她有一天她会怎样买一张新床。她跟她的影子说话时，它向她保证她们最终会搬回村里。

喝着巧克力，她的积蓄总额——她总是把那天她要收到的钱加进去——就像有装饰的天花板附近那个高悬的扬声器播放的音乐一样让人舒心。每个礼拜，每一年，每个十年，数额都在增加。

你有了够多的钱，你可以赤身裸体倒立！

她把这话告诉等在烟草店的一个男人，一个穿毛皮大衣的女人跟他一起。女人惊叫了一小声，男人以为她在乞讨，裤袋里摸出一小枚硬币。柯卡迪尔没要。我够多了！她嘘着他。我够多了，她隔着桌子对我重复着。

她小口喝着烈酒，给自己卷了另一支烟。

很快就是冬天了，她继续说。然后我就一个人。白雪把我关在屋里。圣诞节我带槲寄生去 B 城，一束好的我能卖一千。剩下的时间，我织东西。别的什么事都做不了。我从没像妈妈那样学会纺线。反正我也没绵羊。我给 B 城一家商店织套头毛衣和滑雪帽。

她一口气喝掉剩下的烈酒。

毛料店隔壁有家古董店。橱窗里那时有个木摇篮。要是我自己的，我会卖了它。有一次我进到那里，问了问一个挤奶凳的价钱。你猜它卖多少钱？如果它值那么多，我告诉他们，我会值多少？你可以一块一块地把我卖掉。一只挤牛奶的手你可以卖十万。一只挤牛奶的胳膊你可以卖五万。一个真正的女农民的屁眼，我问他们，你们要卖多少？

她抽着烟。

整个冬天我都织东西。这里啥都没有，一天又一天，除了两根针和我。当一辆汽车路过没停下来时——它们从来不停——我想到给司机一枪。为啥不？

你为什么给我讲这些？

这样你应该知道我在说些啥。

只有房间角落还是黑的。烛火看起来黄黄的，日光照进脏兮兮灰扑扑的窗户。她拿起灯，我以为她要把它吹熄。结果，她走到角落的烟囱那里，把灯举到头上。

瞧！她命令道。

壁炉台上是画了樱桃和鲜花的几个磁盘，一只昂首站在岩石上的岩羚羊小雕像，圣方济各·沙雷氏的白瓷胸像。不同于屋内其他东西，这些物品擦拭过，仔细摆放，闪闪发光。

你真的存了两百万？我问。

她把脑袋歪向一边，就像一只乌鸫要把蜗牛在石头上弄扁。

我听了一晚上，我说。你不像是要瞒着我什么啊！

她吹熄灯，转过身去，一个字也不愿说了。

三天后，晚上回家，我看到家门的钥匙孔里有张卷起的纸条。柯卡迪尔肯定路过村里，发现门锁了。纸条上，她只是用大个的花体字写着：如果你想知道更多，我可以告诉你更多。白天去找她没用，她可能在她的大片领土不知哪个地方，于是第二天晚上，我走上经过圣母玛利亚石柱的道路。转过弯时，我吃惊地看到修路工的房子窗内已经亮灯了。我敲了敲门。

是谁？

尚！我回答。你一个人吗？

她开了门。

我没料到你来。

我看到你的纸条。

什么纸条？

你昨天放我门口的纸条。

我昨天没在村里。

那会是谁？

上面有签名吗？

她顽皮地问，仿佛她已知道或猜到答案。

没有，没签名。

库房没变，除了梯子下面的角落有几个鼓胀的口袋，我从味道晓得装的都是龙胆根。如同药根，她的两手沾了一层泥土。

你去哪儿了？她问。

我在石头镇赶集。

我在森林周边。

我在脑子里想着，如果不是柯卡迪尔，写纸条的可能是谁。无论是谁，都想让我相信是柯卡迪尔写的；那肯定是知道我去找过她的某个人写的。

你为什么这么早点灯？我问。

我要写东西。

给我的另一张纸条？

给别的人。

然后我突然想到，跟她说的相反，柯卡迪尔常常见别的客人。他们是男人，我敢肯定。她用她的笑话和故事做诱饵，诱人来跟她做一会儿伴，坐在桌前喝一杯——所以她说我只带了一瓶葡萄酒来——也许还出于一种恶意，对这些男人的妻子恶作剧一下。给我写纸条的肯定是上一个客人。

坐，她说，我去热汤。

我待不了太久。

你太多事情要做了！

她跪下来吹着火，低声说：有些事我想问你。不清楚她是对火说还是对我说。

她去了牲口棚，我听到她在水桶里洗手。

我给你喝啥？她回屋时问。

一点红酒。

我所有东西都是背上来的！

白酒是不是太淡？

她一听笑了，诡秘地望我一眼。

等着！她下令道，爬上梯子。

木头在炉里着火噼噼啪啪。我过去闻了闻汤——随着年纪我变得贪婪：并非我吃得很多，也不是独居让我给自己做特别的菜，只是我更多想着食物，关于食物的念头缠绕着我，就像没喂过的猫一样。我瞄了瞄壁炉台和画着樱桃树枝的光亮瓷盘。我用手指拭着架子，看是不是积了灰尘，我想着：柯卡迪尔是多么难以预料！

外面，太阳落在地狱山后面，我能看出是因为远处长了孜然的岩壁变得粉红，成了淡淡的珊瑚色。通常它跟木灰一样颜色。我出门走到山脊。我能听到下面的嘉伦特河水。他们在村里说柯卡迪尔很少洗自己的衣服；一件衣服又脏又破时，她就把它扔到下面。

河那边是果园和有奶牛的草场。它们看起来像做黄油的木头模板上刻的图案。梅拉妮就有这样一块模板，下方是条河，中间两头奶牛，远处一些苹果树。这是柯卡迪尔五十年前在高山牧场用的模板。

我看看鸡笼后面，我绕着顶上有棵树的岩石房子走，我一直走到路的转弯处，我打量着上面的山峦。没人在那儿。不管是谁写的纸条，这个玩笑今晚都开得不实际。我有些失望，因为他要是来了，我们可以就在路上那里聊聊柯卡迪尔的计谋。空气转冷了，我回到屋里。

平底锅在火炉上冒汽。

这么说你看了我住的山脊！

我抬起头。她站在梯子中间。她换了衣服。她穿着鞋而非木屐，某种丝袜而非毛线袜，一条厚实的丝绸黑裙，一件白衬衫，跟裙子搭配的外套，她的头上和肩上围着白色的薄纱。她穿着女人去教堂结婚的衣服。

天哪，你以为你在做什么！我叫道。

她的眼神如此专注，迫使你分享它们的疯狂。我记得自己想着：我第一次明白了为什么叫你柯卡迪尔。她的眼睛让我俩的漫长人生看起来不过一刻。

我可怜的尚！你吓得屁滚尿流！

她走下梯子，走到火炉把勺子放进平底锅。多年前，她从牲口棚进来吓我一大跳，直到第二天我才完全理解她做了什么；只是那时我才明白她肯定是把牛奶泼到自己的乳房上。这一次我敏锐多了。她显然花了几个晚上缝这件黑色的丝绸礼服。尽管她可能是从梅拉妮那里继承下来的，对于柯卡迪尔那也太大了，需要很大改动。这一幕她肯定有准备。那是计划的一部分。

你显然很有戏剧头脑！我嘀咕道。

我做的跟戏剧无关。

那你为什么穿？

上次我脱了衣服！她把两手放在胸肋，像要平息自己的咯咯笑声。

我们掰开面包放到汤里。我们都没说话，寂静中只有她吮着汤匙的声音。她只剩下不到一半的牙齿。等她吃完，她推开盘子，站起来，拿着一瓶烈酒回来了。我听过的所有关于她的故事，没有一个提到她常喝酒。她的鞋是崭新的——也必定如此，因为没有谁的鞋适合她。

每次邀请一个男人从村里上来你都这么穿？

她猛地喝掉杯中烈酒。她像鸡喝水一样喝，脑袋很愚蠢地急甩一下。

要是我有的还不够多，她大声说，我可以继续再做十年。我的确够多了。我搜罗了二十年。我想享受我的余生。我想搬回村里。你在村里有所房子，别的你没有太多。我现在准备买你房子的一份，直到我死，我会立刻付你钱。

剩下的积蓄我自己留着。你有兴趣吗？

房子太小了。

我知道。

你生活的样子——我故意看了看厨房——不是我能过的样子。在我这个年纪，我不会改变了。

我能改变。所以我为什么给你看那些盘子和岩羚羊像。

我摇摇头。你为什么自己不租一所房子？

没有。而且会浪费很多钱。

你让其他人收留过你么？

只有你了解我！她低声说，仿佛通往空荡荡山口的荒废公路上，这所孤零零的房子里不只我们两个。

是你写的纸条？

她点点头。今晚我还要给你写。

你真正希望的，我叫道，是让我娶你！这就是你一直希望的！

对，她说。在教堂，戴着这个面纱。

你疯了。

这次没人阻止你。你单身一人，她说。

上帝保佑我。

我会另外给你结婚的钱，我会给你一笔嫁妆。你不会想到自己那么有钱！

一旦原则上同意，我们可以谈谈钱。她把手放在我的手背。

我不能娶你。

尚！

就像四十年前那样，她再次叫了我的名字，再次把我分开，跟其他男人分别开来。在山里，过去从未抛在身后，总是在你身旁。黄昏，你从森林下来，一只狗在小村庄里叫。一个世纪前，一天的同一时刻同一地点，听到一个男人穿过森林下来，一只狗也在叫，这两个场景的间歇，只不过是狗叫的那一刻停顿。

在她两次以同一方式叫我名字的间歇，我看到曾是少年的自己，马松鼓励我相信自己聪明得不同寻常，我看到自己是个没前途的年轻人，因为我是最小的，但又野心勃勃。我第一次去巴黎，这个环球中心和世界之都令我印象深刻，我决心从星辰广场[1]走上一条通往世界的路，我最

1　星辰广场现名戴高乐广场，十二条林荫大道从这里辐射延伸。

后一次跟家人告别，我母亲一直恳求我不要走，而我拴上马，我父亲把我的包放进车里。那是死亡之地，她说。乘船旅行，我每天都梦想自己会怎样回到村里，满载荣耀和给我母亲的礼物，我看到自己在码头边，别人说的话一句也听不懂，还有宽阔的大道与方尖碑，壮观的包装厂，这些我试着在给父亲的信中描述，对他来说，为了牛肉卖一头奶牛，是要讨论一个月的话题，还有我父亲的死讯，我住了五年的房间透过窗户传来的火车声，卡门的大发雷霆，她想开一家自己的酒吧的打算，她的黑发像我铲过的煤的颜色，棚户区的传染病，铺了笔直铁路的大地平坦得没有尽头；我看到自己坐在开往巴塔哥尼亚的里奥加耶戈斯[1]的南行火车上，剪羊毛，还有跟我的思乡病一样永不停歇的风，我看到我在马德普拉塔[2]和乌尔苏拉的婚礼，有她所有七十三位家人出席，六个月后加夫列尔的出生，十八个月后巴西尔的出生，我跟她的家人就给他起名巴西尔的争执，

1　里奥加耶戈斯（Río Gallegos），阿根廷南部大西洋海港，阿根廷圣克鲁斯省首府。——编注

2　马德普拉塔（Mardel Plata），阿根廷著名海滨避暑胜地，位于布宜诺斯艾利斯以南 370 公里处。——编注

乌尔苏拉的裁缝店，她母亲的债务，我跟吉勒的友谊和再次说起自己的语言的快乐，我看到吉勒的死，乌尔苏拉不愿参加他的葬礼，也不让男孩子们去，去蒙特利尔的航班，男孩子们学习我永远讲不了的英语，我母亲的死讯，乌尔苏拉的死讯，酒吧里的大火，警察的调查，我看到自己做了守夜人，我在森林中的星期天，买票回家，我看到整整四十年在这一停顿之中压缩。

这一次，把我和其他名叫尚、泰奥菲勒或弗朗索瓦的人分别开来的，不是比语言还要强烈的欲望，而是一种失落感，一种比任何理解还要深的痛苦。在高山牧场的小屋，第一次叫我的名字时，她提供了跟我将要过的生活不一样的另一种生活。回想起来，我现在看到了她提供的另一种生活的希望，以及我选择的生活之无望。第二次叫我的名字，仿佛她只是停顿片刻，然后重复她的提议；然而希望已逝。我们的生活溶化了希望。我恨她。我巴不得杀了她。她让我觉得虚度一生。她站在那儿，我看到的一切——她的脸，皱巴巴犹如酿酒的苹果，她的僵硬肿胀的双手，就像野猪的长牙一样攫取和搜索这片地区，现在掌心朝内放在胸脯上如同祈求，薄薄的面纱，沾在唇上的少许卷烟纸，都是那一提议溶化的证明。然而，我被迫——这一生的第一次和最后一次——跟她轻言细语。

给我时间考虑一下，露西！

我叫她的真名令她微笑，眼泪涌出眼眶。那一刻，她分外锐利的眼睛变得模糊，眼睛周围的无数皱纹，因为紧闭显得更多了。

你想好了就来告诉我，尚。

在我给她想好的答案之前，她死了。

她的遗体是邮差发现的，他看到面对公路的窗户破了，悬在铰链上。第二天早上，他敲敲门进去了。一把斧头砍倒她。斧刃劈开她的头颅。迹象显示她有搏斗，把一个瓶子扔出窗户。尽管多番搜索，她的财富从未找到。最有可能的解释，是凶手来偷她的积蓄，离开时被她发现，然后杀了她。斧头是她的，他从牲口棚拿的。警察盘问了村里几乎所有人，包括我，然而他们谁也没抓，凶手并未找到。

她在诸圣节之前一个月下葬。她的葬礼来了不到一百人；她的死对于村里是个耻辱。她是因为她的财富被杀的，只有村里某人可能知道这个。她的棺材上摆了很多花，我订了一个没署名的大花环，没有第一眼就引人注目。

露西·卡布罗尔的第三生

我六岁时，一天早上，我父亲对我说：你放奶牛出去时，把富热尔留着，她今天要去屠宰场。我解开其他奶牛的链子——两臂伸过脑袋，我只能够到锁链——狗把他们赶了出去。然后，我会把奶牛赶到我们叫作尼姆斯的地方的附近山坡。独自留在牲口棚，富热尔焦急地看着周围，耳朵像翅膀一样张开。到了今天下午，我说，你就死了。她吃起饲料槽的干草。吃了几口，每一口甩下脑袋，她又看着周围，哞哞叫着。其他奶牛已在外面吃草。我能听到她们的铃声。照进牲口棚墙上木板缝隙的阳光，在我扫地扬起的灰尘中照出一束束光柱。我父亲解开富热尔宽大的皮颈圈。这个颈圈系着她的铃铛，有五公斤重。转身把颈圈和铃铛挂到墙上之前，他看着牲口说：我可怜的布谷鸟，你再也不会去尼姆斯了。

教堂内行葬礼时，我们男人多半站在外面。这一群站着的人，严肃而静止，在大山面前永远显得相形见绌。我们低声谈论谋杀。大家都觉得警察永远发现不了凶手是谁。每个人都这么说，仿佛自己很清楚真相。她什么也不怕，他们说，这就是柯卡迪尔的问题所在。

棺材从教堂抬出来时，人群列队跟着走过墓地。现在没人说话。棺材很小，让你觉得这是一个孩子的葬礼。是在墓地我第一次听到她的声音。我很容易就听到她在说什么，虽然她是低声在说。

你想我说那是谁吗？他就在你们中间，他就在墓地这里，那个贼。

凶手，我低声说。

我不能原谅的是贼！

她的声音令我害怕。我发觉其他人听不到。我怕她会喊，我的反应显然会让人知道我听到什么。

我要是喊他的名字你会怎样？她说，明白我的想法。

他们听不到。

你会听到我，尚，如果我说尚，你会听到，对不对。

对，我说，在她棺材上画了个十字。

棺材一旦经过，队伍向前挪动得更快了。

不是我。

你想着杀我。

墓地门外，她的兄弟埃德蒙和亨利站在葬礼后亲属通常站的墙边。如果石头能够感觉，因为靠着它们的很多人感觉到的痛苦，那里的石头会是血红色的。

我的兄弟看上去又严肃又满怀希望，不是么？又严肃又满怀希望！

人群散了，男人们去咖啡馆喝一杯。我谢绝了几个邀请匆匆离去，想把她的声音引回家，那里没人会留意我们。

在房子里，在她打算我们结婚后住的同一所房子里，我跟她说话。她没答话。我真的感觉她没跟着我。也许她去了咖啡馆。

翌日清晨我醒了，走到窗户看着外面。下面的山谷都是不透明的白雾；雾的尽头，小缕透明的云，蒸汽一样飘到空中。山谷就像一个洗衣房，不停清洗着遭天谴者，用蒸汽蒸，用肥皂洗，翻滚不已，在一片静默中对着崖壁的澡盆揉搓。岩石上的青苔就是遭天谴者的声音。

你决定不娶我吗？

我还没决定。

那我等你拿定主意再来。

诸圣节，墓地都是鲜花，很多人站在至亲墓前，想要聆听死者说话。那晚我又听到她的声音。它近得就像在我的枕边。

我知道这些了，尚。全世界的死者都在诸圣节喝酒。每个人都喝，没人拒绝。每年都是一样的，他们一直喝醉。他们知道他们得去拜访生者。所以他们喝醉！

喝什么？

喝"生命之水"[1]！她唾沫横飞笑着，我感觉她的口水喷到我的耳朵里。

缓过气来，她继续说：所以他们从来不知道是不是生者看起来就那么蠢，或者只是因为死者喝得太醉才有那样的印象！

你现在听起来就醉了。

你为什么想着杀我？

1　eau-de-vie，即白兰地。——编注

你知道偷你积蓄的不是我吗？

你想杀我是为什么？

你醉了。

我告诉你，清醒的人今天不会来。

梅拉妮来了吗？

她在煮咖啡。

那会让你清醒！

死者的黑咖啡不会的。她又咯咯笑着。

所以你醉了，每次你跟我说话的时候。

不，死者忘了生者，我还没忘。

要多久才能忘？

我知道你为啥想着杀我。

那你为什么问？

我想听你说。

你一个人吗，露西？

你可以看到。

黑暗中我什么也看不到。

跟我说真话，你就会看到。

是的，你打扮的那晚我想着杀你。

我听到她下床，地板在她脚下嘎吱作响。

你看到真正杀你的那个人吗？

我没兴趣。

你说你永远不会原谅贼。

我改主意了。我现在不需要我的积蓄。你为啥想着杀我？

你要逼着我娶你。

逼你！逼你！用什么？

然后她走了。

屋里有野猪的味道。不然就没她来过的迹象。

十二月十三号是她的命名日，圣露西日。依照旧历——我从一册年历读到——圣露西日曾是二十三号，恰好冬至以后。

    从圣露西日这天起

    日子就长了跳蚤那么宽

不论十二月十三号还是二十三号，她都没回来。日子变长了。

天气终于转暖。我的血液循环有所改善。老人的血有点顺应太阳。苹果树开花了，土豆种了，奶牛赶去牧场了。干草也收割了。一天晚上，山谷里都是云和缕缕薄雾，看起来像遭天谴者的洗衣房，我告诉自己：下一个好天，我要爬到尼姆斯，摘点蓝莓。

天很蓝，它的平静延伸到最远的雪峰之外。蓝莓长在树线之上，通常在面东或面西的山坡。南坡有太多阳光。我母亲曾把有叶子的整枝蓝莓晾干，给有腹泻的奶牛吃。

从我开始采摘的山坡，我可以看到卡布罗尔家的小屋，稍稍靠右和下方。小屋几乎不会比我长久，我自言自语。自从亨利或埃德蒙上一次整修屋子，肯定过了好些年。不是把他们的奶牛赶到这里，他们在下面另外租了牧场。屋顶有不少窟窿，很多瓦需要更换。雪会飘进来，房梁会烂，有一天，木架的一端会塌。下一个冬天，它看起来会像一艘失事的海船；风，雪，山坡，把木头烤黑的夏天的太阳，就像大海和海浪一样让木头磨损。

柯卡迪尔用一把篦子来采蓝莓。我们年轻时，还没这种篦子。它像一只熊掌，用木头和钉子做成。它在每一根爪子之间把蓝莓舀起来，用它来采，比用手指和大拇指把每一颗蓝莓分别摘下来要快十倍。它采摘起来不加区别：任何东西经过它的钉子，都会留在木爪上。除了成熟的蓝莓，你还可以看到青涩的果子，叶子，树枝末梢，小小的白蜗牛，花苞。随后，为了把这些分开，你在地上斜着竖一块木板，用水打湿木板，从桶里拿一把果子，把它们倒在湿木板上滚下来；成熟的果子滚到下面的锅里，大多数叶子、树枝、草和蜗牛，则会粘在木头上。

柯卡迪尔把她的木板竖在修路工屋后的山脊上。如果你是一个人，这活很乏味。你需要一个人来滚果子，另一个人检查下面的锅里，把没能粘在木头上的青果子挑出来。她肯定是滚几把果子，然后在地上的锅旁蹲下来，然后再滚几把，然后蹲在锅旁，诸如此类。

面对山坡弯着腰，我的脸靠近地面，我能看到蚱蜢。有一对正在交配。它们的身体是青绿色，带有浅黄条纹。它们大约三厘米长，它们发出的声音，包括三下轻柔的嚓嚓声，然后是一声蛇一样拉长的咝咝声。

嚓嚓咝咝咝咝。

把蓝莓滚下湿木板时，她肯定听到沟壑深处嘉伦特河的咆哮，还有蓝莓落进锅里的叮当声。

蓝莓打湿了，颜色暗得像墨水。太阳下烘暖晒干，它们几乎像葡萄一样容光焕发。篦的时候，你留意到稍高处或稍靠边的其他果子，你于是走过去用熊掌把它们也篦出来，它们随即又把你引向其他果子，从其他果子再到其他果子。采蓝莓就像放牧。

挑拣果子时，她有时候肯定望着沟壑那边的果园和农田，这让她想起她的第二生失去的一切。

我的桶装了一半。我已远远走出开始爬坡的地方。

尚！

我不敢确信我听到她的声音。

你采了多少？

半桶。

向来都慢！她嘲笑道。

我下巴都长茧了，我叫道，因为我一辈子都把下巴靠在铁锹柄上。

我觉得这话让她笑了。我不能肯定，因为头上飞过一只寒鸦。我听到的笑声可能是他的叫声：嘟噜库里库里！嘟噜库里库里！

我要帮你采吗？

你愿意的话。

我继续采着，我再没听到她，只有蚱蜢，寒鸦，还有风吹过时，远处偶尔传来的牛铃。

少年时代，我知道了牛铃说些什么：

是我的！是我的！接着敲？接着敲？敲不了！敲不了！

我用熊掌篦着，跟着蓝莓的踪迹，采得愈来愈高。下次我把熊掌倒进桶里时，我感觉果子跟之前一样飞快地堆高了两倍。

我伸直腰，从她死后第一次，我看到了她。她在篦着，靠着青青的山坡，她的头在天际线之上，蓝天衬出它的轮廓。一根头巾缠在她的头上。我看的时候，她往上爬，走过天际线。

她像一枚纽扣那样很容易不见了，梅拉妮说过。

我离开我的桶，爬到山顶。她躺在那儿的另一边，就像死了。她躺在花已开过的杜鹃花丛之间的柔软草地上，头上缠着一根头巾，穿着皱皱的衣服、短袜和靴子。她的脚胫光着，有擦痕。她闭着眼睛，两臂仿佛死了那样交叉着。我这么想很奇怪，因为我知道她死了。我看到她的棺材放进地里。现在没有棺盖，没有泥土，除了她头上的蓝天，什么也没有。

不假思索，我摘下贝雷帽，捏在握紧的双手里，站在那儿往下盯着她。她的脸像石灰岩的表面那样灰白。她跟一块鹅卵石那样纹丝不动。我知道，在山上很容易看到别人看不到的东西。然后，我留意到她的手指。它们染成了蓝黑墨水的颜色。它们跟安德烈·马松班上所有学生的手指一样。这证明今早她的确在采蓝莓。九月，她遇害时，还没有蓝莓。

你现在能看到我吗？我听到她这么说，尽管她的嘴唇没动。

没有回答，我躺到她的身旁，望着天空。天很和缓，寒鸦依然在我们上空转着大圈。

我有多少岁了？她问。

你是一九二〇年级的。那你该六十八岁了。不，六十七。

我生在早上。我父亲在牲口棚挤奶。白云像烟一样飘过门口。我母亲有她姐姐和一个邻居陪着。我很快生下来了。邻居先是握着我的脚叫道，是个女孩。把她给我，我母亲说，然后她惊叫着，耶稣原谅我，她惊叫着，她带着渴望的斑痕，耶稣！我给她烙上了渴望的斑痕。梅拉妮，邻居说，冷静点。那不是渴望的斑痕。

你现在知道自己的一切，我说。

我要是把我知道的都告诉你，那得要六十七年。

我转过头朝着她，她在对我微笑，她的蓝眼睛睁开，脸颊沾着泥土，几缕黑发滑出她的头巾；她的脸是二十岁的柯卡迪尔。我伸出手臂去找她的手。碰到它时，我想起来了。

她牵着我的手走向山坡。跨过一块岩石，她停住了，用她的靴尖指着。

鸟屎里的樱桃核！她笑道。它们带着这些一直飞到这里。

我不认得我们走的小路。一开始，我怪自己记性不好。四十六年是很长一段时间。不久，我怀疑这究竟是不是一条小路。路愈来愈陡，我们得从松树间挤过去，它们长得很密，阳光从来照不到地上。松针有数百年了，我的靴子一直陷到脚踝。我能感觉它们钻过我的毛袜。松针要么灰白要么黑色，跟树下方的树枝差不多颜色。为了免得滑倒，我们像抓着绳子一样抓着树枝。

她带路，我跟着。某一处，坡太陡，像从树干上爬下去。我突然想起她壁炉台上的岩羚羊瓷像。我很想知道它是否还在那儿。在这山上猎岩羚羊时，至少有三个人摔死。我希望她清楚我们要去哪里。我怀疑自己是否还能再往上爬。我的两腿虚弱得已在打颤。我十二岁时，西尔维斯特，一个老头，被困在山腰。他既不能往上爬也不能继续往下。黄昏以前警报发出了。我们二十个人带着灯出发想找到他。如果柯卡迪尔不见了，我就会像西尔维斯特。

魔鬼老了以后，她对着身后的我叫道，他就成了一个隐士！

我们找到他时，西尔维斯特已经死了。

幸好，就像知道所有的路，她知道这条小路。这个山腰没有哪个山坡、悬崖或小溪她不知道的。我们走出森林来到阳光下。我们在一个很长的草堤上方，奶牛几百年来在那上面踩出的小路，就像让我们走下去的台阶。蒙特利尔一个在电台工作的人，曾经寄给我一张古罗马剧场的明信片。草地上的台阶，就像那个剧场的座位。下面是一个跟森林接壤的大牧场。在森林前面，我能看到男人在劳作。

走下草地台阶，我突然觉得自己像完全长大之前那样无忧无虑。相对于靠近最短一天的圣露西日，靠近最长的一天则有圣安德烈日。你穿上一件干净的衬衣，你母亲刚刚熨过——它触到你的肩膀，就像变冷的熨斗表面——你梳好头发，照着镜子，你看到的是一个十六岁的少年，对他来说这个礼拜天什么事情都有可能发生。你和朋友们一起走到下面的村子。你在广场等着。发生的每一件事都是准备的一部分。你在咖啡馆喝东西。你察觉未来的迹象——它们很多都是玩笑——但你依然无知。这一无知令时间容易打发而且漫长。你走到下一个村子。有人打架。你留意自己最细微的动作之后果，而这些后果从未相互证实。你在月光下走回来。女孩子们转着裙子。聊过的几乎每一件事都还没有发生。父亲睡着了，躺在天花板挂着的烟熏香肠下面。你仔细叠好自己的裤子，抓抓自己的蛋，然后睡了。星期天接着星期天，季节跟着季节，你从树到树：然而还是没有森林。然后，只有森林的这一天来了，而你必须在那里面住上一辈子：然后，所有的日子，夏天或冬天，都变短了。我从未期望从那个森林里走出来，然而我在那里，走下草阶，仿佛我的人生在我面前呈现。

我最初在学校注意到你的，柯卡迪尔说，你比其他男孩子安静，你有条理。你手里总有一把刀子，总在削一根树枝。有一次你割到自己了，我见你对着伤口撒尿来消毒。

草地的花中有红石竹。它们的粉红，犹如世界各地节庆时纸旗的粉红。

我们在哪儿？

这是我要建房子的地方。

它是谁的？

我。

你！

死者拥有一切，她说。

这么说你现在有地了。

有地，但没季节之分。

你怎么栽种？

我们不种，我们没理由种，我们有全世界的粮仓，它们都是满的。

它们空了呢？

它们永远是满的。

那你为什么不把土豆给饥饿的人？

我们给不了。

你可以偷运一点过来。

去年冬天我挑了一块烟熏火腿给你，它有七公斤重，风干得很漂亮，我站在一旁看它熏了两天，埃米尔砍来刺柏枝，把水洒在燃烧的枝条上生起更多烟雾时，我都在那儿，六个星期以前，我牵着猪让人割断她的喉咙，我用两只手蒙着她的眼睛，这样她没命时就很平静，她生下来那天我把她带给母猪喂奶，我把火腿拿到你的房子，把它挂在地窖里，用薄纱裹着，两天后等你发现，它只是一根骨头了，就连绳子也烂掉了，你在地窖地上埋白甜菜保鲜的土里发现它的。

那根骨头！我嘀咕着。

你说：它可能是小时候我们杀的那头猪的火腿。我听到你这么讲，然后我明白我什么也给不了你。

你在撒谎。

你没这么说，你没把它扔到墙外？

对，我是这么做的。

她耸了耸肩膀。

我从远处看到的几个人影正在弄木头，把钉子敲进平放地上的三个大木架接合处，立起来时，它们会支撑一间牧人小屋的墙和屋顶。每个架子有五根立柱，每根柱子像一棵六十年的树那么粗，有十二米高。

他们去年九月砍的树，柯卡迪尔说，我被斧头杀死的那天。树液那时升高。

摆在地上的架子有着剥去树皮的松树明亮的颜色。敲钉子的其中一个男人伸直腰。那是马里于斯·卡布罗尔。我最后一次看到他是他死的时候。我用圣水里蘸过的黄杨枝在他胸口上画了一个十字。是他女儿把他摆放好给他穿好衣服的。他现在跟我们打招呼的样子让我不知所措，因为看不出来他还记得或认得这些。他咧嘴而笑，仿佛我们刚刚一起喝了一杯。

十五棵云杉做柱子，他说，十二棵做檩条，四十棵二十年的树做椽子，我忘了做木板的有多少。斧头砍进她的脑袋时，我们把它们全砍下来了。她后来跟我们讲了，听到我们在森林中锯木头。

我做的第一件事，不是吗，就是给你们所有人带来苹果酒、奶酪和面包。我很清楚你们在哪儿。

我们都饿了，马里于斯说，微笑着。

她牵着我的手，我们迈过最近一个木架的柱子。她是一个年轻的女人，带着一个老头。男人们骑在木架上敲打，钉子很大，他们从肩膀抡着，把钉子敲进木头。

怎么样，露西？敲钉锤的人带着男子汉的鲁莽叫道，那是淹死在嘉伦特河里的阿尔芒。在他旁边敲打的，是从山上摔下来的古斯塔夫。乔治，因为知道自己会成穷光蛋上吊而死，正把纸花系在细小的云杉上；纸花白得像银子，黄得像金子。阿德兰，森林中被一棵树砸死，在拴一根绳子。死于雷电的马蒂厄，正用一把黄色的尺子量着。然后，我认出了米歇尔，被一匹马踢伤以后死于内出血，我还看到雪崩中失踪的若塞。

他们为什么都在这儿？我问。

他们来帮我们，每个人都带了今晚吃的喝的，他们是好邻居。

为什么只有——

只有什么，尚？

那些暴死的人。

他们是你看到的第一批。

那些善终的呢？

死在自己床上的没多少。这是穷乡僻壤。

为什么先是——？我愈来愈担心自己中了圈套。

弯腰。

她亲亲我的脸颊，我的担心变得可笑。她的嘴里都是白牙，她有着青草的气味。那真的是五十年前脑袋正常的人不会想要娶的她吗？

他们都说你的问题是你啥都不怕。

我知道我要什么。

她笑了。在她的衬衫纽扣间，我能看到她的乳房难以察觉的轻微隆起。就像地上两片树叶。

你知道吗，我在这里的这些死者中间认得路的时间，不会比我用来熟悉 B 城街道的时间长。

说这话时，她的声音变老变粗了。我瞥了瞥她。她是一个背着口袋的老太婆，她看起来像疯子。

谁会住在小屋里？

有人从身后把我的贝雷帽推到眼睛上。那是马里于斯，她父亲。他又在咧嘴而笑。

床上有个老婆你会暖和些。战争期间我啥也没想，我只想着在床上爱抚梅拉妮。马里于斯说话的样子带着爱抚的甜腻。有些人跟驴子性交，我从没兴趣，一头畜牲不够柔软，等到终于回家，我带她上床，我们有了第四个孩子。即使我老了不再热烈，一个人在田里干活时，我也想着上床，有时候想起这个就让我暖和。有些人说我疯狂。那是我对快乐的想法，你自己会明白的，如果你现在不明白——这比一个人睡要好。

柯卡迪尔走了，背上拴了一把蓝雨伞，肩上挎了一个口袋。

你没忘记你的女儿做了一辈子的老处女？我问。

啊！我可怜的尚，我可怜的未来女婿，她现在就是出嫁的年龄。不然我为啥要给她建一个小屋？

你从来没做过木匠，我指出，六十八岁也不是出嫁的年龄！

我们什么都行。所以这里不可能有不公正。出生可能有意外，死亡却没意外。没有什么强迫我们依然故我。柯卡迪尔可以是十七岁，高挑，有大屁股和你的眼睛盯着看的乳房——只不过你不会知道是她，不是吗？

我再次觉得还没走进森林，我的人生在我面前呈现。

你看到的所有在这儿干活的人，马里于斯低声说——

我想起牛奶淌下她的乳房——都娶过她！

乔治没有！我叫道。

乔治是第一个。她的葬礼之后那天他娶了她。女傧相从坟墓里拿了花来。那些暴死的投进彼此的怀抱。

我会暴死么？我问。

你想娶她吗？他的微笑现在变得挑逗。

都好了！一个男人叫道。

木架摆在地上，搭好了，做好了，等着竖到空中。竖起这样一个架子，需要三十五或四十个人。他们来自四面八方。我认得的那些人都是死者。有的带着梯子。有的相互说笑，我听不清他们的话。他们都跟布莱恩村的马里于斯打招呼，他站在地上一条平放的木头旁，这叫檐檩，架子竖起来时得嵌进去。没做过木匠的他，成了一个建筑师傅。

架子的木头有着浓烈的松脂味。掺了蜡，这种松脂是医治坐骨神经痛的好膏药，我们很多人在山坡背负重物都有这个毛病。我们一起弯腰，用手把架子抬起来。

马里于斯叫喊着，这样大家可以同一时间抬起。

齐！齐！抬！

然后又叫。齐！齐！嘶！

死者们把前臂伸进架子下面。弯腰朝地，他们就像你抱着婴儿那样抱着木头。

齐！齐！嘶！

两千年来，木头对于我们，就像铁对于其他人。我们甚至用木头来做齿轮。

每出一口气，我们就把架子抬高一点。我们刚好可以把前臂靠在大腿上。抬着大柱也就是支撑屋顶的直梁的死者，现在可以把肩膀滑到下面了，他们挤在一起，就像抬着一副棺材的人。

架子竖得太高不能用两手抬时，我们插进木杆。每根柱子拴了一根木杆。五六个人围着一根木杆，把它往上推，大家紧握的手相互重叠。十只手，五十根手指，除了一根有伤痕的断指，彼此难辨。我们有多少手指被锯子割断过啊！然而少一根手指好过没命，活着的人习惯这么说。

每推一下我们就嘟哝一声。这声嘟哝来自肚窝。有时，一个死者使劲放屁。柯卡迪尔回来了，站在我身旁，头上围着同样的头巾，露出缕缕白发。

你为什么想要一个放干草的阁楼，你又没土地？我喘着气问。

齐！齐！嘶！

横跨三个房间、一个牲口棚和一个干草棚的庞大木架——这个干草棚，哪怕一百辆母马拉的干草车走过木头地板，也未必装得满——随着每一下推拉晃动。或者，准确地说，是我们在晃动。

为了放我们的干草，她说。

你没奶牛。

为了每天挤三十五升牛奶做黄油和奶酪。

齐！齐！嘶！

你不需要吃东西，我说。

为了养活我们，为了有东西传给我们的孩子们！她微笑着，就像五十年前她给我黄油时那样微笑。

死者们的脸因为抓紧、推拉和握住而变红，他们咬紧嘴巴，睁大眼睛，脖子上的肌肉和静脉就像绳线一样在皮肤下面凸出。

别人总是告诉我，死者干了一辈子活要休息，我嘀咕着。

想起过去时，他们就干活，她说。他们还应该记得别的什么？

脱掉衬衣的那些人，肩膀因为汗水而发光，然而架子依然还没竖得超出四十五度。

再来！齐！齐！抬！

光溜溜的庞大木架几乎没动。就好像还有四十个人对着我们把它往下推。

我们需要更多帮手，去找些人来，把邻居都叫来！

耶稣、玛丽和约瑟！

三人行！

快去！

柯卡迪尔奔向森林。把架子放在地上不太可能。这样的重量抬起来比放下去容易，放下去的时候，还有把人困在下面的危险。站在旁边一根木杆的彼埃尔，曾被困在架子下面，两条腿都断了，两年后死去。

谁也不应该再受同样的苦。

我们把几根木杆从地上撑起来。我们用几架梯子抵住。大多数的重量移了开去，但没人把手从木杆上拿开。大木架对着天空，不是对着我们上方的深蓝天空，而是对着远山后面的苍白天空。一只寒鸦——我说不出是不是同一只——在架子上方转圈。有一刻我想到他会飞到上面。一切都静止了，死者们都没动弹。

柯卡迪尔从森林回来时，她变年轻了；几个男人跟着她。如同多年前，她跑得这么快让我吃惊。

对，我本应娶她！我大声说了出来。死者们沉浸在自己的思绪里。没人回应。

新来的人加入到每根木杆周围的人群中。

齐！齐！嘶！

架子往上动了五六度。我们将一起制服它。只要它超过四十五度的一半，那就比较容易了。

为了防备，有人已握紧绳子，免得几乎垂直的架子倾斜得太厉害向内倒下。架子竖起来时，它的榫头必须塞进檐檩的榫眼。人工几何必须替代树木原有的力量。榫头进到檐檩的入口，所有五个几乎同一时间。

我要娶你，我说，转身朝着她。

让我惊恐的是，拉普拉村的米尔站在她身旁。他的脸通红，看上去像喝了酒。仅仅一个星期前，我在村里才见过他。我突然想到，跟她一起跑回来的所有男人都是活着的人。

你会是见证人，她对米尔说。

我们在哪儿？我咕哝道。我们不是距村子很远吗？

我们在教堂外面，尚，男人们在葬礼时站的地方，新婚夫妇拍照的地方。

我的脸上肯定显出惊慌。

他太小心了，拉普拉村的米尔含混不清地说，对着我点点头，他还没拉屎就在擦屁股！

你应该说说话，柯卡迪尔反过来责骂他。你一辈子都一个人生活，一个人喝醉，你的床跟酿酒坊一样臭。尚去过世界的另一边，他结过婚，他有孩子，他回来了，他摘蓝莓摘得很慢，好吧他假装耳聋，他想杀我，他不慌不忙，但现在最后这一刻，这最后的一刻，他同意娶我了，你永远没胆量这么做，米尔。

第一个架子现在到位了，她拿着一个瓶子和一个玻璃杯走到每个人面前让他们喝一杯。

等我们休息好，布莱恩村的马里于斯叫我们竖起第二个架子。为眼前的第一个架子所鼓舞，它挺立着，柱子跟树一样粗，白色的木头框着三角形的深蓝天空，我们抬起第二个架子，一声又一声：

齐！齐！嘶！

我们一口气把它抬起来，柱子的榫头伸进檐檩的榫眼。第三个架子我们竖得比第二个甚至更快。有人说这是因为木头没那么新鲜，所以要轻一些。

五十个人站着，望着标明这间小屋所有面积的三个木架；那是白色画出的一个轮廓，面对绿色牧场、暗色森林和蓝天的背景。

没人会在这间小屋里自杀，她说。

柯卡迪尔从村里叫来的男人们宣称，如果不再需要他们，他们就回去了。布莱恩村的马里于斯竭力劝他们留下来参加完工后的欢宴。他们说他们得走了。

过一阵再来，马里于斯坚持说，带着你们的女人回来参加欢宴！

村民们模棱两可。

有几位死者过来跟他们道谢。至少让我们再给你斟一杯，他们说。

不需要感谢我们，生者回答，你会给我们做同样的事。

这不用说，只要建房子，我们其中一些人就会在那儿。

我看着村民们走进森林。他们慢慢走成一列，每个人单独走着。他们的离去让我不安：我又一个人跟死者在一起了。与此同时，他们的离去也让我松了口气；没有问题要我回答了。在布宜诺斯艾利斯他们讲什么语言？你做了多久的鳏夫？你真的想着再婚吗？她是怎么劝你的？

剩下来要做的活，现在分得更细也没那么紧张了。我们得抬起几根檩条，也就是屋顶长度的横梁，让它们就位，把它们合上，用钉子钉好。每一根檩条都用数字编了号，就像安德烈·马松在学校教我们大家那样写了下来，每个接口都在每一块木头上用大写字母标了两次。有的死者站在梯子上，有的在地上干活。他们比之前更多说笑。地上那些人把临时木条斜着固定在未来的墙边，就像支撑用的扶壁。沿着这些，他们用绳子把檩条推拉上去。

最先需要固定好的位置最低，是跟悬挑屋顶相接的木头。这道悬挑屋顶下面的墙边，会有柴火堆着，不受雨雪侵袭。在有屋顶遮盖的南墙边，她会种莴苣和西芹，顺着同一苗床的边缘，还有多色的三色堇，它有世上很多珍贵石头的颜色。屋顶下，第一根檩条后面，会有麻雀做窝，木桩还没砍好或削好的栅栏柱子上，会有一对乌鸦蹲在上面，等她出来喂鸡。我听到她在唤它们。

她牵着我的手，用她僵硬、有茧、抓获、采摘的老太婆的手。我不再可能把她想成年轻女人。

你不需要干活，她说，他们帮手足够了，我们可以坐在太阳下。

那吃的呢？我问。都准备好了吗？

都准备好了。

我没看到一张桌子或凳子。

它们都在教堂里，只要一分钟就能拿出来。

她的葬礼上，大家还在走出墓地时，镇长告诉当地兽医：所以我们把修路工的房子给了她，这是我们能够想到的最好办法。您得考虑到这个情况，如果她住在城里，她肯定很多年前就被送进精神病院了……

瞧！她说，敲敲我的肩膀，他们很快就完了。

我们并排坐在那里，望着山，看着大家干活。我们是最年长的，干活的死者都比我们年轻。柯卡迪尔的相貌和我的手背让人想起我们的年纪。柯卡迪尔被杀的时候六十七岁，我大三岁。

所以，我的走私货，我把你偷运到这儿，她说。一支没点燃的香烟，粘在她被吃过的蓝莓染成蓝色的突出下唇。

感觉到无穷无尽的希望，年轻以来再没经历过，让我打起精神，像在摇篮里。我看到我父亲在做兔子笼，我把钉子递给他。那年我肯定有十一岁，在我母亲的细心指导下，我给我的第一只兔子放了血剥了皮。在教理问答课，柯卡迪尔背下了我记不住的答案。

什么是贪婪？

贪婪就是对生活中的好东西尤其是金钱的过分渴望。

对生活中好东西的热爱是正当的么？

对，对生活中好东西的热爱是正当的，这一热爱激发远见和节俭。

在阿根廷的节日，苦力们杀火鸡来吃：移民没给我带来新的希望。星辰广场的希望和布宜诺斯艾利斯科连特斯大道的希望，只是我在村里有过的希望之重演。我在村里没法想象那些地方，但我的确想象我的快乐，它们承诺但没给我的同一快乐。

快乐永远是你自己的，它们跟痛苦一样变化多端。我习惯了痛苦，现在让我吃惊的是，快乐的希望，我十一岁时就已知道的希望，来自这个把我唤作她的走私货的老太婆，嘴上粘着一支没点燃的香烟。我的一生去了哪里？我问自己。

死者们钉着屋椽。等到四十根都已就位，太阳快落山了，屋顶的木条在小屋旁的草地上投下阴影，小屋看起来像个黑笼子。木条成了阴影。

你想钉上花束吗？布莱恩村的马里于斯叫道。

她等着我回答。从她半闭的眼睛，我感觉得到她的目光。我的有力答复让我吃惊。

从她起皱眯紧的两个眼角，两滴眼泪果汁一样流了出来。她两臂交叉，用僵硬的双手抓着平坦的胸部。她的嘴巴微笑着伸开。她的眼泪流下深深的皱纹，流到嘴角，她舔着上唇。

走，她对我说。

马里于斯把钉锤和钉子给我，我走到第一个梯子下面。乔治在那儿，他是上吊死的，因为知道自己要变成穷光蛋，冬天要被送到老人院，那儿的一半住客都语无伦次。这家老人院是本地一位富有的工程师捐建的，他为远方的公路和铁路建了很多桥梁。乔治就像这位工程师设计桥梁一样详细计划自杀，他把一截有钩的铁丝缠在一根长长的木杆上，让铁丝顺着杆子，然后用这根木杆去碰高压线，靠近村子中心，一个他不会打扰别人的地方。他死的那一瞬间，村里所有的灯都灭了。现在，乔治把绑着玫瑰形状黄白纸花的云杉递给我。肩上扛着花束，就像清洁工的刷子，我爬上乔治帮我扶着的梯子。

屋顶，一个我不认识的男人坐在一个十字梁上。我离开梯子时，他伸手扶稳我。我摇摇头。我很久没上过屋顶了，我不需要帮助。就像我们所有人，我是为它而生的。为什么我们这么多人情愿到巴黎做扫烟囱的？我们在屋顶生活；我们会走的几乎第一步，就是在跟我们的屋顶一样陡的山坡上。只要我能爬上梯子，抬起一只脚，我就不需要帮助。

您是谁？我问，您不是这里的人。

露西知道我是圣茹斯特，他答道。

您是游击队员！

他们让我们自掘坟墓，然后把我们枪决了。

我来告诉您一些事，我说。解放后有些纳粹逃跑了，去了阿根廷，他们改了自己的名字，他们靠着肥沃的大草原为生。

他们只是暂时逃掉。

您这么肯定，是吗？

正义终将得胜。

什么时候？

生者知道死者的苦难时。

他说这话时，不带一丝痛苦，仿佛他的耐心比全世界的还要多。

我用肩膀扛着树爬上第二个梯子，两脚岔开坐在屋顶上。一阵微风吹过；我的前臂能够感觉到。我可以看到森林中的树。东边，山上的积雪变成了浅浅的玫瑰色，红得就像杀死一头动物时溪水的颜色。透过敞开的屋顶，我往下望着死者们上扬的脸，他们聚在一起，看我要做什么。

就在那时我留意到了乐队。他们站在小屋尽头，靠近第一个架子。他们跟我十四岁时做鼓手加入的乐队一样。那个列队演奏把士兵送出村子的乐队。太阳在天上的位置现在太低了，铜管乐器不再闪耀。它们的金属只是像山上的湖水那样微微发光。

我开始沿着屋脊——并非那么容易——移动。走到尽头时，我往下望着上扬的面孔；它们头骨一样咧嘴而笑。我把树拿下肩膀，把它竖直。我现在得做的，是把它钉在大柱上。突然，身后两只细细的手臂抱着我的腰肋。

拿着树，我说。

她够不到。

我坐到你的肩膀上来，她说。

下面的旁观者开始喝彩。村里所有想得起来的死者都在那里，女人、孩子和男人。她握着树，我敲进四根钉子。

这棵小树指向天空。她坐在我的身后，她的两臂放松了。我们就像骑马去地里干活的一对夫妻。她的两手放在我的膝间。

乐手们把乐器举到嘴上，鼓手们举起鼓槌。有一刻他们定住了，然后他们开始演奏。

钉在屋顶的那棵树是为了庆祝完工。剩下的活，就是用凿横梁凿出来的木片铺屋顶，铺地板，钉木板墙，做好和装上门窗，砌烟囱，做橱柜，做床架。这要几个月。然而可以承重的整个屋架，保证你有栖身之所，已经在那儿了。

我没法告诉你乐队演奏些什么。我可以哼哼调子，你不会听到。乐手们都是死者，他们演奏的是沉默之乐。在耶稣升天日，村里的乐队去到山坡那一边的乡下，果园之间，凡是有两三个农场的地方，他们都停下来演奏。不得不离乡去找工作之前，我有三个夏天都作为鼓手跟着他们出去。音乐盖过了池塘的水声，盖过了溪流，盖过了布谷鸟。在每个农场，他们让我们喝苹果酒和烈酒。吹萨克斯风的，他像一只鸟那样吹奏，总是喝醉。戴着鸭舌帽，穿着有铜扣的上衣，汗流浃背，我们尽自己所能高声演奏，我们的演奏愈大声，大山和森林中的树就愈安静。只有耳聋的蝴蝶继续拍翅飞舞，翅膀一开一合。在耶稣升天日，我们给死者演奏，那些死者在静止的大山和静默的树林后面听着我们。现在，一切颠倒过来了。在小屋下面演奏的是死者，而聆听者，是骑在屋顶的我。

在屋顶木架下面的草地上，村民跟着音乐跳起舞来。柯卡迪尔跟着音乐节奏，用两手在我大腿上敲着。我发现我的血并未如我所想的那样，随着年纪变冷。当音乐停下来，她的手还放在那儿。

乐队又开始演奏。

等着我，她低声说。

她站起来，顺着屋脊像岩羚羊那样走着。等她下去，我很自豪自己经验丰富。她再回来时，会令人吃惊和出乎意料。但我还是很激动，想着她会怎样回来：也许她回来会是二十岁，就像在河里洗澡那样裸着身子。

乐手们的制服根本看不清楚。偶尔，乐手吹起一件乐器时，它像余烬那样闪一闪。他们心中记得他们演奏的舞曲，因为天太黑，看不清楚夹在乐器上的乐谱。跳舞的人，随着光线消失，凑得愈来愈近，进到小屋。

我往下看，找着柯卡迪尔。天色并非一团漆黑，她身体的白色，不会像系在树上的白色纸花那样有一种光亮。

我摸索着走下第一个梯子。跳舞的人现在挤在一起，就在我们要给奶牛挤奶的牲口棚那个位置。奶牛都在那儿。其中一头舔着旁边那头的脑袋。她的舌头很有力，舔着眼睛周围时，舌头把眼睛拉开了，眼球露了出来，就像你在找钻进眼里很痛的什么东西时那样。

看到那只眼睛，我看到了真相。柯卡迪尔不会回来了。或者，如果她回来，她回来的时候什么也不是。

露西！露西！

屋顶的木架上方，星星在闪烁。它们闪烁在有些海洋的上空，就像闪烁在高山牧场的上空。它们很明亮，它们的相似并非在于明亮；只是因为它们的距离不会让人迷惑。天空把银河抱在怀里，就像荒弃的卡布罗尔小屋旁的山坡把溪边的花毛茛拥入怀抱。

我失足了，像根圆木滚下一个陡坡。救了我的是几丛杜鹃花，我凭本能不假思索地抓住。我从未失去知觉。再往下十米，就是一百米的悬崖。我摔坏了臂膀。天亮时，我不知怎么走到孑然生长的那条小路，我的手臂像铃铛舌那样松垮垮地悬着。

十天后，我在村里遇到拉普拉村的米尔。

十天前你在哪儿，米尔？

在家。

究竟在哪儿，做什么？

你是说星期五？

对，星期五。

等等，星期五。我记得，我生病躺在床上。我的肚子疼得要命。就像一只白鼬鼠在啃它。我跟你发誓我觉得完了。结果，他不想吃我，所以我还活着。我给你倒杯酒吧。

站在咖啡馆的柜台旁，他碰着杯子，同谋一般地说着：为了他们没要的我们两个！

后来，手臂还打着石膏时，我走去修路工的房子。手臂周围的石膏跟铁一样沉。我爬得很慢，让一条腿跟随另一条腿：身体习惯了一种节奏，仿佛摇篮慢慢地左右摇晃。这样爬了一两个小时后，你会答应给自己一个享受：夜里躺着完全不动的享受。

医院的 X 光什么也没发现，但我确信至少有一根肋骨断掉了。每呼一口气，左边靠近心脏的地方就会刺痛。我停下来一次，望着下面的山谷和远方的道路。我想起柯卡迪尔的故事，神父爬上小屋生病了。她给躺在桌上的他解开衣服时，他嘀咕些什么来着？

自从那晚她穿着婚纱走下阁楼，我再没来过柯卡迪尔的房子。鸡笼被人从山脊拿走了，房门半开。我敲了敲门。我只能听到下面的嘉伦特河水。我推开门。桌子和椅子还在那儿。壁炉台上什么也没有。谁拿走了那些盘子？我打开火炉，里面都是最近一次野餐的残余。橱柜旁的墙上画了几个首写字母，不是她的也不是我的，旁边画了一颗心，猫头鹰脸的形状，一支箭穿过这颗心。

在牲口棚，我发现几个袋子和熊爪印。没看到蓝雨伞。我爬梯子上了阁楼。她梦到过那个梯子。她在阁楼躺床上，一个后生爬上来，脱掉衣服上床跟她躺在一起。她发现他很漂亮。他钻进被窝到她身旁，她刚感到他的温暖，她就醒了。床也消失了。

六岁前，照看奶牛前，或许只有两三岁，我在冬天早晨看我父亲在厨房，那时天还很黑。他跪在一头铁兽旁，给它喂食。我要是凑近，他就吼我。他跪在铁兽一边，在它的铁脚之间，深呼吸，低声对它说话。我看过我父亲在教堂祈祷。在厨房，他用深呼吸、吹气和叹气来祈祷。我从未见过铁兽的脸，它的脸在它的肚子里。过了一会儿，我感觉得到厨房暖和了，我父亲就会坐在铁兽旁，在它的脚间暖和他的脚，在他穿上靴子去喂其他动物之前。现在，早晨燃起火炉，我对自己说：我和炉火是这间房里唯一有生命的东西；我的父亲、母亲、兄弟、马、奶牛、兔子、鸡，都没了。柯卡迪尔也死了。

我这么说，但我并非完全相信这话。有时候，我似乎觉得自己走近那座森林的边缘了。我永远不再是十六岁；如果我要离开森林，那会是在远端。我这么觉得，是不是因为自己老了累了？我很怀疑。动物老了，觉得自己不再有力，他会躲在森林深处，他不会梦想离开森林。这是动物永远感觉不到的对死亡的渴望么？是不是只有死亡才会最终让我离开森林？有时候我看到不一样的某些东西，有时候蓝天让我想起露西·卡布罗尔。这些时候，我又看到我们竖起的屋顶，用树造的，然后我坚信，正是带着柯卡迪尔的爱，我将离开森林。

土豆

公鸡在叫
张开土壤的黑羽毛
石头是爪
生下鸡蛋

可别马上拾起
它们有光
透过月亮的蛋壳
照向死者

下雪期间
堆在地窖

它们庄重地

把身躯献给汤

它们一旦匮乏

犁不再有肉吃

人像大熊一样挨饿

在冬日的夜里

致谢

过去十五年，我忙于撰写《他们的劳作》(*Into Their Labours*)三部曲。在这期间，汤姆·恩格尔哈特(Tom Engelhardt)是我的编辑。亲爱的汤姆，你鼓励、更正和支持了我。谢谢你。

落笔之前而且直到今日，若是没有阿姆斯特丹的跨国研究中心(Transnational Institute)的支持，我也许永远没勇气开始这一计划。保卢斯大街(Paulus Potterstraat)和康涅狄格大道(Connecticut Avenue)的各位以及索尔·兰道(Saul Landau)，谢谢你们。

PIG EARTH by John Berger

图书在版编目(CIP)数据

猪的土地 / (英) 约翰·伯格 (John Berger) 著；周成林译.
—桂林：广西师范大学出版社，2019.10
ISBN 978-7-5598-2009-9

Ⅰ. ①猪… Ⅱ. ①约… ②周… Ⅲ. ①短篇小说 – 小说集 – 英国 –
现代 Ⅳ. ①I561.45

中国版本图书馆CIP数据核字(2019)第159704号

广西师范大学出版社出版发行

　广西桂林市五里店路9号　邮政编码：541004
　网址：www.bbtpress.com

出　版　人：张艺兵

特约编辑：闫柳君　张诗扬

责任编辑：马步匀

内文制作：陈基胜

封面设计：陆智昌

全国新华书店经销

发行热线：010-64284815

山东鸿君杰文化发展有限公司　印刷

开本：787mm × 1092mm　1/32

印张：9.25　字数：97千字

2019年10月第1版　2019年10月第1次印刷

定价：52.00元

如发现印装质量问题，影响阅读，请与出版社发行部门联系调换。